이방인

이방인

알베르 카뮈 | 김혜영 옮김

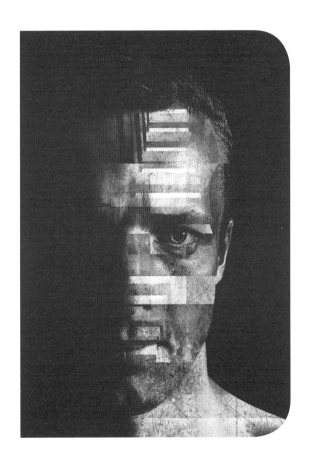

더
디

차례

제1부

1장

오늘, 엄마가 세상을 떠났다. 아니, 어쩌면 어제였을지도 모르겠다. 요양원에서 전보 한 통을 받았다. '모친 사망, 명일 장례, 삼가 조의를 표합니다.' 이것은 아무 의미가 없다. 어쩌면 어제였을 것이다.

요양원은 알제에서 팔십 킬로미터 떨어진 마렝고에 있다. 두 시에 버스를 타고 가면 오후 중에는 도착할 수 있을 것이다. 거기에서 밤을 새고 내일 저녁에 돌아올 것이다. 나는 사장에게 이틀 동안 휴가를 달라 했고 그는 딱히 거절할 구실이 없었다. 하지만 탐탁지 않게 생각하는 것 같아 보였다. 그래서 나는 이렇게까지 말했다. "제가 잘못한 게 아니에요." 그는 대답이 없었다. 나는 괜히 그런 말을 했다는 생각이 들었다. 사실, 내 입장에서는 굳이 해명할 필요가 없었다. 오히려 나에게 위로의 말을 건네야 할 사람은 사장이었다. 그러나 그는 내가 모레 검은 넥타이를 하고 나타났을 때나 그런 말을 할 수 있을 것이다. 지금으로서는 엄마가 세상을 떠난 것 같지 않은 기분이 들기도 한다. 장례를 마치고 나면 지금의 이 기분과는 완전히 다를 것이다. 그때는 엄마의 죽음이 이미 다 끝난 일일 테고 모든 게 더 공적인 모양새를 띨 것이다.

나는 두 시에 버스를 탔다. 날이 정말 더웠다. 나는 평소처럼 셀레스트네 레스토랑에서 식사를 했다. 셀레스트의 가족은 나의 일에 많이 슬퍼했고 셀레스트는 나에게 이렇게 말했다.

"한 분뿐인 어머니를 잃은 거잖아."

내가 식당을 나설 때는 모두 입구까지 배웅해주었다. 그리고 검은 넥타이와 상장(喪章)을 빌리러 에마뉘엘의 집으로 올라가야 했는데, 혹시 내가 괜한 짓을 하는 건 아닌가 싶었다. 에마뉘엘은 몇 달 전에 삼촌을 잃었기 때문이었다.

나는 버스 출발 시간에 늦지 않으려고 뛰어갔다. 버스를 놓칠까봐 마음을 졸인 데다 달음박질까지 하고, 차는 덜컹거리지 휘발유 냄새는 나지 도로와 하늘의 반사광 때문에 눈은 부시지, 그래서인지 나도 모르게 잠이 들어버렸다. 나는 버스 안에서 거의 내내 잠을 잤다. 잠에서 깨어 보니 나는 어떤 군인의 어깨에 기대어 있었다. 그가 나를 보고 웃으며 멀리서 왔느냐고 물었다. 나는 그와 이야기를 더 이상 이어가고 싶지 않아서 그냥 "네"라고만 대답했다.

요양원은 마을에서 이 킬로미터를 더 가야 한다. 나는 걸어서 갔다. 곧 엄마를 보려고 했지만 관리인이 나에게 원장을 먼저 만나야 한다고 했다. 원장이 바빠서 나는 조금 기다렸다. 원장을 기다리는 내내 관리인은 나에게 말을 걸었다. 그러다가 원장이 나타났고 나는 드디어 원장실로 들어갈 수 있었다. 원장은 키 작은 노인이었고 레지옹 도뇌르 훈장을 달고 있었다. 그는 맑은 눈망울로 나를 바라보았다. 그리고 나와 악수를 했다. 그런데 그가 너무 오랫동안 손을 잡고 있는 바람에 어떻게 손을 빼야 할지 정말이지 난감했다. 그는 서류를 펴보이며 나에게 말했다.

"어머님은 삼 년 전에 이곳에 오셨군요. 어머님이 유일하게 의지했던 사람이 아드님이고요."

나는 원장이 뭐라고 책망을 하겠구나 싶어서 해명을 하기 시작했다. 그런데 그가 내 말을 끊으며 말했다.

"아드님, 변명할 필요는 없어요. 어머님의 서류를 읽어보았어요. 아드님은 어머님을 책임지기가 힘들었을 거예요. 어머님은 간병인이 필요했지만 아드님은 사정이 여의치 않았을 테니까요. 따지고 보면, 어머님은 여기에서 더 행복하셨습니다."

"네, 원장님."

나는 대답했다.

"아시겠지만, 어머님께서는 이곳에서 비슷한 연배의 친구분들과 함께 지내시며 지나간 시절의 이야기를 나누실 수 있었죠. 어머님께서 젊은 아드님과 사셨다면 아마 적적하셨을 거예요."

그건 사실이었다. 엄마는 나와 함께 살 때 아무 말 없이 나를 지켜보기만 하며 하루를 보냈다. 엄마가 이 요양원에서 생활을 시작한 지 처음 며칠 동안은 자주 울곤 했다. 낯설었기 때문이었다. 그런데 만약 몇 달이 지나고 다시 집으로 가자고 했다면 엄마는 또 울었을지 모른다. 낯선 게 늘 문제다. 지난해에 내가 이곳에 거의 발걸음을 하지 않았던 것도 그런 이유가 없지 않았다. 그리고 엄마를 보러 가려면 일단 내 휴일을 온통 날려버려야 했다. 버스 정류장까지 가서 버스표를 사고 또 두 시간을 달려야 하는 수고는 차치한다 하더라도 말이다.

원장은 다시 이야기를 계속했다. 하지만 나는 그의 말에 더 이상 귀 기울이지 않고 있었다. 그러자 그가 말했다.

"이제 어머님을 뵈러 가셔야겠지요."

나는 말없이 자리에서 일어났고 원장이 앞장섰다. 계단에 이르자 원장이 설명을 덧붙였다.

"어머님을 작은 영안실에 모셔놓았어요. 다른 분들이 놀라시면 안 되거든요. 그분들은 여기서 함께 생활하시던 분이 돌아가시면 이삼 일 동안은 신경이 곤두서죠. 우리가 돌봐드리는 데도 어려움이 생기고요."

우리가 마당을 지나가는데 많은 노인들이 삼삼오오 모여 수다를 떨고 있었다. 우리가 그들의 곁을 지나칠 때는 대화가 끊기더니, 우리가 지나가고 나자 다시 이야기가 시작되었다. 앵무새들이 소리를 낮추고 재잘거리는 것 같았다. 작은 건물 앞에 도착하니 원장이 돌아섰다.

"아드님, 나는 이만 가보겠습니다. 언제든 사무실로 오시면 저를 만날 수 있습니다. 원칙적으로 장례는 오전 열 시입니다. 그래야 아드님이 어머님 곁에서 밤을 샐 수 있을 테니까요. 마지막으로 한 말씀만 더 드리자면, 어머님께서는 친구분들에게 장례는 종교적으로 치르고 싶다는 말씀을 자주 하셨다고 해요. 필요한 조치는 제가 다 해놨습니다만 그 사실을 아드님에게 알려드리고 싶었어요."

나는 그에게 감사의 인사를 전했다. 엄마는 무신론자는 아니었지만 그렇다고 살아생전에 종교에 대해 생각했던 것도 아니었다.

나는 안으로 들어섰다. 하얗게 회칠된 벽과 커다란 창문 덕에 방 안은 아주 환했다. 몇 개의 의자들과 엑스 자 모양의 받침대들이 보였다. 그중 두 개가 가운데에서 덮개가 덮인 관을 받치고 있었다. 호두염료를 칠해 갈색이었는데 그 위로 반짝이는 나사못들만 보일 뿐이었다. 관 근처에는 하얀 가운을 입고 머리에는 강렬한 색채의 스카프를 두른 아랍계 간호사가 있었다.

그때, 내 뒤로 관리인이 따라 들어왔다. 뛰어온 게 분명했다. 그가 조금 더듬거리며 말했다.

"이미 입관을 했지만 어머님을 보실 수 있도록 나사못을 풀어드릴게요."

관리인이 관으로 다가가려는 것을 내가 말렸다. 그러자 그는 나에게 물었다.

"열지 말까요?"

나는 대답했다.

관리인이 행동을 멈추자 나는 괜한 말을 했나 하는 생각에 마음이 불편해졌다. 잠시 후, 그가 나를 바라보며 물었다.

"왜요?"

그의 물음은 나를 비난하려고 한다기보다 정말 궁금해서인 것 같았다.

"잘 모르겠어요."

나는 대답했다. 그러자 그는 나를 쳐다보지도 않은 채 흰 수염을 비비꼬며 말했다.

"저도 이해합니다."

관리인은 엷은 청색의 아름다운 눈빛을 가졌고, 약간 붉은 기가 도는 안색이었다. 그는 나에게 의자를 가져다주었고 그도 조금 뒤쪽에 앉았다. 아랍계 간호사가 몸을 일으켜

문 쪽으로 걸어갔다. 그 모습을 본 관리인이 나에게 말했다.

"피부에 염증이 나서 그래요."

나는 그 말을 이해하지 못해서 간호사를 쳐다보았고, 그제야 그녀의 눈 아래로 얼굴을 두르고 있는 붕대가 보였다. 코 주위로는 붕대가 평평했다. 그녀의 얼굴은 붕대 때문에 온통 하얀색뿐이었다.

간호사가 자리를 떠나자 관리인이 말했다.

"이제 혼자 계실 수 있도록 해야겠네요."

그 말에 내가 무슨 행동을 어떻게 했는지 모르겠지만 그는 내 뒤에 선 채 그대로 남아 있었다. 나의 등 뒤에 누군가가 있다는 느낌에 마음이 불편했다. 방 안은 늦은 오후의 아름다운 햇살로 가득 차 있었다. 말벌 두 마리가 자꾸 유리창에 부딪치는 바람에 윙윙거리는 소리가 들렸다. 서서히 졸음이 밀려왔다. 나는 뒤돌아보지 않고 관리인에게 물었다.

"이곳에서 일하신 지 오래되셨나요?"

그러자 그가 기다렸다는 듯이 바로 대답했다.

"오 년 있었습니다."

그 후부터 관리인은 매우 수다스러워졌다. 그가 마렝고 요양원에서 관리인으로 삶을 마감하게 될 거라고 혹시 누가 말했다면 그는 무척 놀랐을 것이다. 그의 나이는 예순넷이며 파리 출신이라고 했다. 그때 내가 그의 말에 끼어들어 물었다.

"아, 이곳 출신이 아니시군요?"

그러고는 그가 나를 원장실로 데려다주기 전에 했던 이 야기가 떠올랐다. 그는 어머니를 아주 급하게 매장해야 했다고 말했었는데, 평지에서는, 더구나 이곳에서는 날이 더워서 더더욱 그래야 한다는 것이었다. 그가 파리에서 살았으며, 그곳을 쉽게 잊지 못한다는 말을 했던 것도 그때였다. 파리에서는 고인과 함께 사나흘 지내는 경우도 가끔 있잖아요, 이곳은 그럴 시간이 없어요, 죽음을 떠올리기 바쁘게 운구차 뒤를 쫓아가야 한다니까요……. 그러자 관리인의 아내가 말했었다.

"그만해요, 이분께 그런 이야기까지 할 필요는 없잖아요."

얼굴이 붉어진 관리인은 미안하다고 했다. 나는 "아니에요. 괜찮습니다"라고 말하며 그들의 말에 끼어들었다. 관리인의 말에는 일리가 있었고 재미도 있었다.

자그마한 영안실에서 관리인은 자신은 극빈자 자격으로 이 요양원에 들어오게 되었다고 알려주었다. 아직은 건강하다는 생각에 관리인 자리에 지원했다는 것이다. 나는 그에게 어찌 됐든 그 역시 요양원의 재원자(在院者)이지 않느냐고 지적했다. 그러자 그는 아니라고 대답했다. 관리인은 재원자들을 가리켜 '그들' '저 사람들' 때로는 '노인네들'이라고 했는데 나로서는 꽤나 충격이었다. 사실 그중 어떤 이들은 그보다 나이가 어렸기 때문이다. 그런데 이건 당연한 것일 수도 있다. 그는 관리인이므로 그 입장에서는 다른 사람들을 그런 식으로 대할 권리가 어느 정도는 있기 때문이다.

그때 간호사가 다시 들어왔다. 갑작스레 날이 저물었다. 창문 위로 밤이 드리우는 것도 순식간이었다. 관리인이 불을 켜 갑자기 방 안이 밝아지자 나는 눈이 부셨다. 그가 나에게 구내식당으로 가서 저녁 식사를 하라고 했지만 나는 배가 고프지 않았다. 그러자 그는 나에게 크림커피 한 잔은 어떠냐고 물었다. 나는 크림커피를 워낙 좋아했기에 달라고 했고, 조금 뒤 그는 쟁반에 커피를 담아 돌아왔다. 나는 커피를 마셨다. 그러고 나니 담배가 피우고 싶어졌다. 하지만 엄마의 시신을 앞에 두고 담배를 피워도 되는지 몰랐기 때문에 주저했다. 그런데 생각해 보니, 안 될 이유도 없을 것 같았다. 나는 관리인에게 담배 한 대를 권했고 함께 피웠다.

그때, 관리인이 나에게 말했다.

"어머님의 친구분들도 밤을 새러 오실 거예요. 원래 그렇게 하거든요. 저는 가서 의자와 블랙커피를 가지고 오겠습니다."

나는 그에게 불을 하나 끌 수 있는지 물었다. 하얀 벽에 불빛이 반사되니 눈이 피로했기 때문이었다. 하지만 관리인은 모든 불을 다 켜거나 전부 다 끄도록 설치되었기 때문에 그럴 수 없다고 했다. 그러고 난 후에 나는 그에게 더 이상 신경 쓰지 않았다. 관리인은 나갔다가 다시 돌아왔고 의자들을 늘어놓았다. 그중 한 의자 위에는 커피포트를 놓고 그 주위에 커피잔들을 쌓아두었다. 그리고 관리인은 엄마의 시신 건너편으로 가서 나와 마주보고 앉았다. 간호사는 구석에서 등을 돌리고 앉아 있었다. 그녀가 무엇을 하는지는 보이지 않았다. 하지만 팔의 움직임을 보니 뜨개질을 하고 있는 것 같았다. 방 안이 따뜻했고 커피를 마신 덕에 몸이 훈훈해졌다. 열린 문으로 밤의 내음과 꽃향기가 흘러들어오고 있었다. 깜빡 졸았던 것 같다.

무엇인가가 스치는 소리에 잠이 깼다. 눈을 감고 있다가 뜬 탓인지 새하얀 방이 더욱 눈부시게 느껴졌다. 눈앞에 그림자라고는 보이지 않았다. 각각의 물체, 각 모서리들과 곡선들이 두 눈이 아플 정도로 선명하게 드러나 보였다. 엄마의 친구분들이 들어선 것은 그때였다. 열 명 남짓한 사람들이 아무 말 없이 이 눈부신 빛 속으로 들어왔다. 그들은 삐걱거리는 소리 한 번 내지 않고 조용히 의자에 앉았다. 나는 마치 그동안 사람이라고는 구경해본 적 없던 것처럼 그들을 쳐다보았다. 그들의 얼굴은 물론 옷차림에 이르기까지 세세한 부분 하나도 빠짐없이 놓치지 않고 관찰했다. 그런데 아무런 소리가 들리지 않아서인지 그들이 실존하지 않는 것 같은 생각이 들기도 했다. 여자들은 거의 모두가 앞치마를 두르고 있었는데 허리 부분을 졸라맨 끈 때문에 안 그래도 불룩한 배가 더욱 도드라져 보였다. 지금껏 나는 나이

든 여자들의 배가 어느 정도까지 나올 수 있는지 살펴본 적
이 없었다. 남자들은 거의 모두가 매우 야위었고 지팡이를
짚고 있었다. 놀라운 것은, 그들의 얼굴에서는 눈이 아니라
주름투성이 사이로 파묻힌 희미한 빛만이 눈에 띈다는 것
이었다. 그들 대부분은 앉으면서 나를 바라보았다. 이가 다
빠져 입술은 죄다 말려들어간 얼굴로 부자연스럽게 고개를
끄덕였는데, 그것이 나에게 인사를 하는 것인지 별 뜻 없는
버릇인지는 알 수 없었다. 인사인 것 같다는 짐작은 했다.
모두가 관리인 주위에 앉아 나와 마주한 채 고갯짓을 하고
있다는 사실을 깨달은 바로 그때였다. 순간, 그들이 나를 심
판하기 위해 이곳으로 와서 앉아 있다는 말도 안 되는 생각
이 들었다.

조금 뒤, 한 여자가 울기 시작했다. 두 번째 줄에 앉아 있
었는데, 같이 온 사람들 중 한 명에 가려 잘 보이지 않았다.
그녀의 울음소리는 작고 규칙적이었으며 멈출 기미가 보이
지 않았다. 다른 사람들은 그 소리가 전혀 들리지 않는 모양
이었다. 그들은 기운이 없었고 우울한 채 말이 없었으며, 관
이나 지팡이, 눈에 띄는 아무것이든 그저 바라보고만 있었
다. 흐느끼던 여자는 계속 울고 있었다. 내가 전혀 모르는
사람이었기 때문에 그 모습이 참으로 놀라웠다. 이제 더 이
상 그 울음소리가 듣고 싶지 않았다. 하지만 차마 말을 건넬
수 없었다. 관리인이 다가가 몸을 숙이며 말했지만 그녀는

고개를 저으며 뭐라고 중얼거리더니 조금 전처럼 다시 울기 시작했다. 그러자 관리인이 내 쪽으로 오더니 곁에 앉았다. 한참을 그렇게 앉아 있더니 나에게 눈길은 주지 않은 채 말했다.

"어머님과 가까운 사이였대요. 이곳에서 유일한 친구였고 이제는 곁에 아무도 없다고 하시네요."

우리는 그렇게 또 오랜 시간을 앉아 있었다. 울고 있던 여자의 한숨과 흐느낌이 잦아들었다. 코를 훌쩍이기를 계속하더니 마침내 울음을 그쳤다. 나는 이미 잠은 달아났지만 피곤했고 허리가 아팠다. 울음소리가 그치자 이제 고통스러운 것은 이곳에 모인 모든 이들의 침묵이었다. 어쩌다가 이상한 소리가 들리기는 했지만 그게 무슨 소리인지 알 수 없었다. 몇몇 노인들이 볼 안쪽을 빠는 바람에 이렇게 괴상한 혀 차는 소리가 나는 것이라고 짐작할 수밖에 없었다. 그들은 너무 깊이 생각에 빠진 나머지 자신들이 그런 소리를 내는지 알지 못하는 것 같았다. 그런 그들에게 이 영안실 한가운데 놓인 엄마의 시신이 무슨 의미가 있겠나 싶었다. 하지만 지금 와서 생각해보면, 그건 잘못된 생각이었던 것 같다.

우리는 관리인이 따라 주는 커피를 마셨다. 그후로는 무슨 일이 있었는지 모르겠다. 날이 밝아왔다. 눈을 뜨고 보니 노인들이 서로 뒤엉킨 채 잠들어 있던 모습은 기억난다. 어떤 한 사람만 지팡이를 쥐고 있는 손등 위로 턱을 괸 채, 나를 뚫어져라 쳐다보고 있었는데 마치 내가 깨기만을 기다렸던 사람 같았다. 그렇게 잠깐 잠에서 깼다가 나는 다시 잠이 들었다. 그런데 허리가 점점 더 아파오는 바람에 눈을 떴다. 창문을 통해 햇빛이 쏟아져 들어오고 있었다. 잠시 후, 한 노인이 깼고 기침을 심하게 했다. 그는 체크무늬의 커다란 손수건에 침을 뱉어냈는데, 그 모습을 보고 있노라니 뱉는다기보다 잡아 뽑는다고 하는 말이 더 맞을 것 같았다. 그가 다른 사람들을 깨웠고, 관리인은 그들이 돌아가야 할 시간이라고 말해주었다. 그들은 자리에서 일어났다. 불편하게 밤을 보낸 탓에 다들 낯빛이 좋지 않았다. 그런데 정말 놀라웠던 것은 그들이 방을 나서면서 내 손을 잡아주었다는 것이다. 밤새 말 한마디 나누지 않았지만 꽤나 가까운 사이가 되기라도 한 것처럼.

나는 피곤했다. 관리인이 나를 자기 방으로 데리고 갔고, 덕분에 대충 씻을 수 있었다. 나는 크림커피를 또 마셨는데 정말 맛있었다. 밖으로 나가서 보니 이미 해가 중천에 떠 있었다. 바다와 마렝고를 가르는 언덕 위 하늘은 새빨갛게 물들어 있었다. 그 위로 불어오는 바람이 바다 향기를 실어다 주었다. 아름다운 하루가 준비되어 있었다. 시골에 와본 지가 오래여서 엄마 일만 아니면 산책이라도 하면 얼마나 좋을까 하는 생각이 들었다.

그 대신 나는 뒤뜰의 플라타너스 아래에서 사람들을 기

다렸다. 신선한 흙냄새를 들이마시니 잠이 싹 달아났다. 직장 동료들이 떠올랐다. 이 시간이면 이제 일어나 출근할 준비를 하고 있을 때다. 나는 늘 이 시간이 가장 힘들었다. 이런 생각에 빠져 있는데 마침 건물 안에서 종이 울리기 시작해서 나는 주의가 흐트러져 버렸다. 창문 너머로 소란이 느껴지더니 이내 조용해졌다. 해는 조금 더 하늘 높이 떠올랐다. 덕분에 내 발이 뜨거워졌다. 관리인이 뜰을 가로질러 나에게 다가왔고 원장이 나를 찾는다고 알려주었다. 나는 원장실로 갔다. 원장이 나에게 서류 몇 장을 내밀고 사인을 하게 했다. 원장은 줄무늬 바지에 검은색 상의를 입고 있었다. 손에는 수화기를 든 채 나에게 말했다.

"조금 전에 장의사 사람들이 왔어요. 어머님의 관을 이제 덮으라고 전하려는데, 그 전에 마지막으로 어머님께 인사하시겠어요?"

나는 그러지 않겠다고 했다. 원장은 수화기에 대고 낮은 목소리로 지시했다.

"퓌자크, 사람들에게 이제 일을 시작하라고 전하게."

그리고 원장은 그도 장례식에 참석할 거라고 했고 나는 감사하다고 말했다. 그는 책상 뒤에서 짧은 다리를 꼬고 앉아 있었다. 그리고 그와 나 둘에, 당직 간호사가 함께 장례식에 참석할 것이라고 알려주었다. 원래 재원자들에게는 밤을 새는 것만 허락한다는 것이었다.

"인정상의 문제지요."

원장이 말했다. 그런데 이번에는 특별히 엄마의 오랜 친구도 장지에 따라갈 수 있도록 허락했다고 했다.

"토마 페레즈라는 분이에요."

원장은 이렇게 이야기하면서 씩 웃었다.

"다소 어린애들 감정 같은 면이 있죠. 하지만 토마 씨와 어머님은 떨어져 지내는 법이 거의 없었답니다. 요양원에서는 토마 씨에게 '약혼자'라고 놀려대곤 했죠. 그러면 토마 씨는 그저 웃고요. 사람들이 그렇게 이야기해주는 것이 좋았나 봐요. 그러니 어머님이 세상을 떠난 건 토마 씨에게 정말이지 큰 충격일 테고요. 그분에게는 어머님의 장례식에 참석하지 못하게 하면 안 될 것 같더군요. 하지만 어제의 밤샘은 왕진 의사의 조언대로 허락하지 않았답니다."

우리는 꽤 오랫동안 말이 없었다. 원장이 자리에서 일어나 사무실 창문으로 바깥을 내다보았고, 문득 무엇인가 발견한 듯 말했다.

"마렝고의 주임신부님이 오셨네요. 일찍 도착하셨군요."

원장은 나에게 마을에 있는 성당까지 가려면 적어도 사십오 분은 걸어야 할 것이라고 말해주었다. 우리는 아래로 내려갔다. 건물 앞에는 사제와 복사(服事) 아이 두 명이 있었다. 그중 한 아이가 향로를 들고 있었는데 사제가 은줄의 길이를 조절하려고 그 아이 쪽으로 몸을 숙이고 있었다. 우리가 도착하자 사제는 몸을 일으켰다. 그는 나를 '나의 아들'이라고 부르며 몇 마디 건넸다. 그가 안으로 들어갔고 나는 그 뒤를 따랐다.

방 안으로 들어가 슬쩍 보니, 관에는 나사못들이 단단히 박혀 있었고, 검은 옷차림의 인부 네 명이 보였다. 원장이 나에게 운구차가 길에서 대기 중이라고 했고, 동시에 사제가 그의 기도를 시작하는 소리가 들렸다. 그때부터 모든 것이 순식간이었다. 인부들은 덮개용 천을 들고 관 쪽으로 갔다. 사제와 복사 아이들 그리고 원장과 나는 바깥으로 나왔다. 문 앞에는 내가 모르는 부인이 있었다.

"뫼르소 씨입니다."

원장이 말했다.

그 부인의 이름이 무엇인지는 듣지 못했고 그저 당직 간호사라는 것만 알아차렸다. 간호사는 웃음기 없이, 뼈가 도드라지고 길쭉한 얼굴을 숙였다. 우리는 시신이 지나갈 수 있도록 나란히 비켜섰다. 그리고 관을 들고 가는 인부들을 따라 요양원을 나섰다. 문 앞에는 운구차가 대기하고 있었다. 가로로 길이가 길고 윤이 나 반짝거리는 운구차의 모습에 필통이 떠올랐다. 차 옆에는 작은 키의 장례를 진행하는 사람이 우스꽝스러운 차림으로 서 있었고, 행동이 부자연스러워 보이는 노인도 한 명 있었다. 그가 바로 토마 페레즈였다. 그는 위가 둥글고 챙이 넓은 부드러운 펠트 모자를 쓰고 있었다(관이 문을 지나갈 때는 모자를 벗었다). 양복의 바짓단은 구두 위로 돌돌 말렸고, 셔츠의 커다란 흰 깃에 비해 지나치게 작은 검은색 보타이를 매고 있었다. 검은 점들로 빼곡한 코 아래의 입술이 떨리고 있었다. 얇디얇은 하얀 머리털이 귓바퀴가 축 늘어져 흉한 귀 위로 흘러 내려와 있었는데, 얼굴빛이 창백해서 빨간 핏빛이 맴도는 귀가 유독 눈이 띄었다. 장례 진행자가 우리에게 자리를 정해주었다. 사제가 앞장섰고 운구차는 뒤를 따랐으며 운구차 주위로 네명의 인부가 있었다. 그 뒤로 원장과 나 그리고 행렬의 끝에 간호사와 토마 페레즈가 서기로 했다.

하늘은 이미 햇빛으로 가득했다. 햇볕이 땅에 무겁게 내리쬐면서 열기가 급속도로 달아올랐다. 행렬이 출발하기 전에 왜 그렇게 오래 기다렸는지 모를 일이었다. 나는 검은 옷을 입고 있어서 더 더웠다. 토마 페레즈는 쓰고 있던 모자를 다시 벗었다. 내가 고개를 돌려 그를 쳐다보았더니 원장이 나에게 그에 대한 이야기를 했다. 엄마와 토마 페레즈는 저녁 때면 간호사를 대동하고서 마을까지 산책을 다녔다고 했다. 나는 주위의 들판을 바라보았다. 하늘 저 멀리까지 이어진 언덕 위로 펼쳐진 실편백 나무들의 윤곽과 붉은색과 초록색을 띤 대지, 드문드문 보이는 그림 같은 집들을 보고 있자니, 산책하던 엄마의 마음이 이해되었다. 이곳에서의 저녁은 쓸쓸한 휴식이었을 것이다. 오늘은 넘치는 태양빛이 풍경을 소스라치게 한 탓에 비인간적이고도 나른한 분위기로 만들어버리고 있었다.

우리는 걷기 시작했다. 토마 페레즈가 다리를 살짝 절뚝거린다는 것을 알게 된 건 바로 그때였다. 운구차가 조금씩 속도를 내기 시작했고 그는 뒤처졌다. 운구차 곁에서 걷던 인부들 중 한 명도 뒤처져 나와 나란히 걷게 되었다. 나는 해가 하늘 위로 그렇게 빨리 떠오른다는 사실에 놀랐다. 이미 한참 전부터 들판에서는 벌레들의 울음소리와 풀잎들이 사르락거리는 소리가 들리고 있었다. 뺨 위로 땀이 흘러내렸다. 나는 모자가 없었기 때문에 손수건으로 부채질을 했다. 그때 장례 인부가 나에게 무슨 말을 했는데 잘 알아듣지 못했다. 그가 오른손으로 모자의 챙을 들어 올리고는 왼손에 쥐고 있던 손수건으로 머리를 닦았다. 나는 그에게 물었다.

"뭐라고 하셨나요?"

그러자 그가 하늘을 가리키며 다시 말했다.

"날이 푹푹 찌네요."

"네."

내가 대답했다.

그리고 잠시 후, 그가 나에게 물었다.

"어머님 장례인가요?"

"네."

나는 말했다.

"연세가 많으신가요?"

"뭐 그렇죠."

사실 나도 정확한 나이가 떠오르지 않아 그렇게 대답했다. 그러고는 그는 더 이상 말이 없었다. 뒤를 돌아보자 토마 페레즈가 오십여 미터 정도 뒤에서 따라오고 있는 게 보였다. 그는 열심히 펠트 모자를 흔들며 발걸음을 재촉하고 있었다. 원장을 쳐다보았다. 불필요한 움직임은 전혀 없이 아주 점잖게 걷고 있었다. 이마에 땀이 조금 맺혀 있었지만 그는 굳이 닦아내지 않았다.

장례 행렬이 조금 더 빨라진 것처럼 느껴졌다. 주위로는 여전히 햇빛을 머금은 들판이 펼쳐지고 있었다. 햇볕이 너무 강렬하게 쏟아져서 참을 수 없을 지경이었다. 그러다가 갑자기 우리는 최근에 새로 포장된 도로로 들어서게 되었다. 뜨거운 태양빛 때문에 아스팔트가 녹아 부서져 있었다. 사람들의 발걸음에 짓눌리고 찍힌 탓에 번들거리는 아스팔트 속이 들여다보였다. 운구차 위로 보이는 마부의 모자는 삶아서 굳힌 가죽으로 만들어진 것이었는데 마치 검은 역청 반죽으로 만든 것 같았다. 푸르고 하얀 하늘과 짓이겨진 채 끈적이는 검은 아스팔트, 우울한 검은 옷차림, 반짝이는 검은 운구차 사이에서 나는 약간 현기증을 느꼈다. 내리쬐는 햇볕, 운구차에서 나는 가죽 냄새와 말똥 냄새, 니스 칠 냄새와 향 냄새, 밤을 샌 탓에 몰려오는 피로, 이 모든 것들이 나의 시야와 머릿속을 어지럽혔다. 나는 또다시 뒤를 돌아보았다. 토마 페레즈가 저 멀리서 보였다가 구름처럼 드리운 열기 속으로 이내 사라졌다. 그러고는 더 이상 보이지 않았다. 이리저리 둘러보며 찾아보았더니 그는 길을 벗어나 들판을 가로지르고 있었다. 내 앞으로는 길이 굽이지고 있었다. 토마 페레즈는 이 지역을 잘 알고 있기 때문에 우리를 따라잡으려고 지름길로 접어든 것이었다. 길이 구부러지는 지점에서 그는 우리와 다시 합류했으나, 이내 다시 그가 보이지 않았다. 그는 다시 벌판을 가로질렀고 그렇게 하기를 여러 번 반복했다. 나는 피가 관자놀이를 때리는 것처럼 느껴졌다.

그후로는 모든 것이 너무 빠르고 확실하고도 자연스럽게 진행되어서 특별히 기억에 남는 게 별로 없다. 한 가지 생각나는 건, 마을 어귀에서 당직 간호사가 나에게 했던 말이다. 그녀는 얼굴과 어울리지 않게 목소리가 독특했다. 떨리지만 선율이 살아 있어 아름다운 목소리였다.

"천천히 가면 일사병에 걸릴 위험이 있어요. 그렇다고 너무 빨리 걸으면 땀이 나서 성당 안에 들어갔을 때 오한이 날 수 있고요."

간호사의 말이 맞았다. 정말 이러지도 저러지도 못하는 것이었다. 그리고 몇몇 장면들이 머릿속에 남아 있다. 이를테면, 토마 페레즈가 마을 근처에서 마지막으로 우리의 행렬에 합류했을 때 보았던 그의 얼굴이다. 신경질이 나기도 하고 힘들기도 해서인지 굵은 눈물방울이 볼을 적시고 있었다. 그런데 주름 때문에 흘러내리지는 않았다. 그의 주름진 얼굴은 눈물로 범벅이 되어 마치 니스 칠을 한 것처럼 번들거렸다. 그리고 성당, 인도 위 마을 사람들, 묘지 위 빨간 제라늄, 기절해버렸던 토마 페레즈(꼭두각시가 부러져 쓰러지는 것 같았다), 엄마의 관 위로 던져지던 핏빛 흙, 흙 안에 뒤엉켜 있던 하얀 나무뿌리 그리고 사람들, 목소리, 마을, 한 카페 앞에서의 기다림, 끊이지 않던 엔진 소리, 마침내 버스가 빛의 둥지 알제에 들어섰을 때 이제 열두 시간은 잘 수 있겠다는 생각에 내가 느꼈던 기쁨 등이 그러했다.

2장

잠에서 깨어났을 때 비로소 나는 사장이 이틀간 휴가를 달라고 했을 때 왜 그렇게 언짢아했는지 깨달았다. 바로 오늘이 토요일이기 때문이었다. 그때까지도 까맣게 잊고 있었는데, 잠에서 깨면서 불현듯 이 사실이 떠오른 것이다. 사장은 내가 일요일까지 쉬면 나흘간의 휴가를 보내게 된다고 자연스레 생각했을 테고 못마땅했을 게 뻔하다. 그런데 엄마의 장례를 오늘이 아닌 어제 치른 것은 내 잘못이 아니지 않은가. 게다가 토요일과 일요일은 어차피 쉬는 날이고 말이다. 물론 사장의 심정을 아예 모르는 것은 아니다.

　어제 하루를 고단하게 보낸 탓에 몸을 일으키기가 힘들었다. 면도를 하면서 오늘은 무엇을 할까 생각해보다가 수영을 하러 가기로 했다. 전차를 타고 항구 해수욕장으로 갔다. 나는 바닷물 속으로 뛰어들었다. 젊은 사람들이 많았다. 그곳에서 마리 카르도나를 만났다. 그녀는 예전에 나와 같은 회사에서 타이피스트로 일했는데, 사실 그때 나는 그녀에게 마음이 있었다. 그녀도 그랬던 것 같다. 하지만 마리가 얼마 뒤 회사를 그만두는 바람에 우리 둘의 관계에는 진전이 없었다. 마리가 부표 위로 오르는 것을 도와주다가 그녀의 젖가슴이 내 손에 스쳤다. 그녀가 부표 위에서 배를 깔고 엎드렸을 때도 나는 계속 물속에 있었다. 마리는 내 쪽으로 몸을 돌렸다. 그녀는 머리카락이 눈 위로 흘러내린 얼굴로 웃고 있었다. 나는 그제야 부표 위 그녀 곁으로 기어올랐다. 기분이 좋았다. 나는 장난치듯 머리를 뒤로 젖혀 마리의 배를 베고 누웠다. 마리가 아무런 말을 하지 않아서 나는 그대로 있었다. 눈앞에는 온통 파랗고 황금빛의 하늘만 펼쳐져 있었다. 내 목덜미 아래로 마리의 배가 조용히 오르락내리락하는 것이 느껴졌다. 우리는 오랫동안 반쯤 잠이 든 채 그렇게 부표 위에 있었다. 햇볕이 너무 뜨거워지자 마리는 물속으로 들어갔고 나도 그녀 뒤를 따랐다. 나는 마리 곁으로 가 그녀의 허리를 팔로 감싼 채 함께 헤엄을 쳤다. 마리는 계속 웃고 있었다. 둘이서 둑에 올라 몸을 말리는데 마리가 말했다.

"내 살갗이 더 많이 탔어요."

나는 마리에게 저녁에 함께 극장에 가지 않겠느냐고 물

었다. 그녀는 여전히 웃는 얼굴로 나에게 페르낭델* 주연의 영화가 보고 싶다고 했다. 우리는 옷을 입었다. 내가 검은 넥타이를 맨 모습을 보자, 마리는 매우 놀란 표정으로 상을 당했느냐고 물었다. 나는 엄마가 돌아가셨다고 했다. 언제 그런 일이 있었는지 알고 싶어해서 나는 "어제"라고 말해 주었다. 마리는 조금 놀란 눈치였지만 특별히 뭐라고 하지는 않았다. 내 탓이 아니라고 마리에게 말하고 싶었다. 그런데 사장에게 그렇게 말했던 게 생각나서 그만두었다. 말해 보아야 무슨 의미가 있겠는가. 어차피 누구나 늘 잘못은 조금씩 하기 마련이다.

막상 저녁에 마리는 전부 잊어버렸다. 영화는 중간 중간 재미있기는 했지만 정말이지 너무 시시했다. 마리는 다리를 내 다리에 대고 있었다. 나는 그녀의 가슴을 어루만졌다. 영화가 끝날 때쯤 그녀에게 입맞춤을 한다고 했던 것이 어설프게 되고 말았다. 영화관을 나와 우리는 우리 집으로 왔다.

눈을 떴을 때 마리는 이미 가고 없었다. 그녀는 이모 댁에 가야 한다고 했었다. 오늘이 일요일이구나 하는 생각이 들자 따분해졌다. 나는 일요일을 좋아하지 않는다. 그래서 침대 안에서 몸을 뒤척이며 마리가 베개에 남기고 간 소금기 밴 바다 냄새를 맡으며 열 시까지 자버렸다. 그리고 잠에서

---

* Fernandel, 프랑스의 배우이자 가수로 당대 최고의 코미디 스타였다.

깨서도 계속 누운 채로 열두 시까지 담배를 피웠다. 평소 같으면 셀레스트네에서 점심을 먹었겠지만 그러고 싶지 않았다. 그들은 나에게 질문을 해댈 게 뻔했고 나는 그게 싫었기 때문이다. 나는 계란프라이를 해서 빵도 없이 접시째로 입을 대고 먹었다. 빵이 떨어지고 없었는데 사러 내려가기가 싫었다.

점심을 먹고 나니까 조금 심심해져서 집 안을 이리저리 서성거렸다. 엄마가 살아 있을 때는 그리 크게 느껴지지 않았는데, 이제는 혼자 지내기에 너무 커서 주방 식탁을 내 방으로 옮겨야만 했다. 이 방에서 조금 내려앉은 고리버들 의자와 누렇게 변해버린 거울이 달린 옷장, 화장대, 구리 침대 사이에서만 지낼 뿐이었다. 나머지 살림들은 신경도 쓰지 않았다. 조금 뒤 무엇이라도 해야겠다 싶어서 예전 신문을 집어 들고 읽었다. 신문에서 크뤼셴 소금 광고를 오려서, 재미있는 기사들을 스크랩해두던 낡은 공책에 붙였다. 나는 손을 씻었고, 결국에는 발코니로 나가 앉았다.

내 방에서 밖을 보면 변두리의 간선도로가 보인다. 오후 날씨는 좋았다. 그러나 도로는 질퍽거렸고, 드물게 오고가는 사람들이 발걸음을 재촉하고 있었다. 산책 가는 가족들이 보였다. 그리고 세일러복 차림의 두 꼬마 남자아이들도 눈에 들어왔다. 무릎 밑까지 내려오는 반바지의 뻣뻣한 옷감 때문에 움직임이 거북해 보였다. 그리고 커다란 분홍 리

본을 달고 검은 에나멜 구두를 신은 소녀도 보였다. 그 뒤를 따르는 소녀의 어머니는 덩치가 매우 컸는데 밤색 실크 옷을 입고 있었고, 아버지는 키가 작고 홀쭉했는데 내가 아는 얼굴이었다. 그는 밀짚모자를 쓰고 나비넥타이를 매고 손으로는 지팡이를 짚고 있었다. 아내와 함께 있는 모습을 보니, 마을 사람들이 왜 그를 가리켜 점잖은 사람이라고 하는지 알 수 있었다. 조금 뒤, 변두리 젊은이들이 지나갔다. 머리에는 기름칠을 하고 빨간 넥타이를 매고 있었고, 허리 부분이 매우 잘록하게 라인이 들어간 양복 재킷에 수놓은 행커치프를 꽂고 앞코가 네모난 구두를 신고 있었다. 이렇게 이른 시간에 그렇게 큰소리로 웃어대며 서두르는 걸 보면 시내 영화관에 가는 게 분명했다.

　그들이 지나가고 나니, 길에는 점점 인기척이 없어졌다. 여기저기에서 공연이 시작되는 모양이었다. 이제는 가게 주인들과 고양이들밖에 보이지 않았다. 길가에 줄지어 있는 무화과나무들 위로 보이는 하늘은 맑았지만 환한 빛은 없었다. 길 건너 담배 가게 주인이 의자 하나를 문 앞으로 가지고 나오더니 등받이 위로 두 팔을 괴고 거꾸로 앉았다. 조금 전만 해도 사람들로 미어터질 것 같던 전차도 이제는 거의 비어 있었다. 담배 가게 옆 '피에로'라는 작은 카페에서는 종업원이 텅 빈 가게 안을 쓸고 있었다. 전형적인 일요일의 풍경이었다.

나도 담배 가게 주인처럼 의자를 뒤로 돌려보았다. 그렇게 앉는 것이 더 편해 보였기 때문이다. 나는 담배 두 대를 피웠고 방으로 들어가 초콜릿 한 조각을 가져와 다시 창가에 서서 먹었다. 얼마 지나지 않아 하늘이 흐려져 여름 소나기가 몰려오려나 생각했다. 그런데 조금씩 날이 개이기 시작했다. 다만 지나가는 구름 떼 때문에 거리에는 마치 비가 올 것 같이 어둠이 내려앉고 있었다. 나는 오랫동안 그렇게 하늘을 바라보았다.

다섯 시가 되자, 전차들이 요란한 소리를 내며 도착했다. 교외 경기장에서부터 다시 발판이며 난간까지 구경꾼들을 매단 채 돌아오는 것이었다. 그다음 전차에는 사람들이 손에 작은 가방을 들고 있는 것을 보니 운동선수들인 모양이었다. 그들은 자신들의 팀은 절대로 지지 않을 거라고 목이 터져라 고함을 치고 노래를 불렀다. 몇 명은 나에게 손을 흔들기도 했다. 그중 한 명은 나에게 "우리가 이겼어!"라고 소리쳤다. 그래서 나는 '알겠다'는 의미로 고개를 끄덕여주었다. 그 뒤로는 자동차들이 몰려오기 시작했다.

날이 조금 더 저물었다. 지붕 위로는 하늘이 붉게 물들었고 땅거미가 내려앉기 시작하자 거리는 다시 활기를 되찾았다. 산책 나갔던 사람들도 하나둘씩 돌아오고 있었다. 그 점잖은 남자도 보였다. 아이들은 울거나 질질 끌려오고 있었다. 그리고 또 동네 영화관에서 관객들이 쏟아져 나왔다. 그들 중 젊은 사람들이 평소답지 않게 결연한 몸짓을 하는 것을 보니 모험 영화를 본 모양이었다. 조금 뒤에는 시내 영화관에 갔던 사람들이 돌아왔다. 그들은 앞서 지나간 사람들보다 분위기가 무거워 보였다. 드물게 웃기는 했지만 피곤하고 생각이 많아 보였다. 그들은 건너편 인도 위에서 왔다 갔다 하면서 서성였다. 모자를 쓰지 않은 동네 아가씨들이 팔짱을 끼고 서 있었다. 젊은 남자들이 일부러 그 앞을 지나가며 농담을 건넸고 아가씨들은 고개를 돌리고 웃었다. 아가씨들 중 나와 아는 사이인 몇 명이 나에게 손짓을 했다.

　그때 갑자기 가로등에 불이 들어왔다. 그러자 어둠 속에서 이제 막 떠오르기 시작했던 별빛들이 희미해졌다. 사람들과 불빛으로 가득 찬 거리를 바라보고 있으려니까 눈이 피로해졌다. 가로등은 축축한 길거리를 비추었고, 반짝이는 머리칼과 미소, 은팔찌 위로 전차들이 일정한 시간 간격으로 반사되었다. 얼마 뒤, 전차는 뜸해졌고 가로수와 가로등 위로 짙은 어둠이 내려앉았다. 거리는 서서히 인적이 끊기더니, 어느새 모습을 드러낸 고양이 한 마리만 천천히 길 위를 가로질렀다. 나는 그제야 저녁을 먹어야겠다는 생각이 들었다. 오랜 시간 의자 등받이에 턱을 괴고 있었던 탓에 목이 조금 아팠다. 나는 빵과 밀가루를 사러 내려갔다 왔다. 그리고 요리를 했고, 선 채로 음식을 먹었다. 창가에서 담배 한 대를 피우려 했지만 바깥 공기가 차서 추웠다. 창문을 닫고 방으로 오면서 보니, 탁자 끝에 나란히 알코올 램프와 빵 조각이 놓여 있는 모습이 거울로 보였다. 역시 일요일은 길고 따분했다. 이제 엄마의 장례도 끝났고 내일이면 다시 일하러 나갈 것이며, 어쨌든 결국에는 달라진 것이 아무것도 없다는 생각을 했다.

3장

오늘은 사무실에서 일이 많았다. 사장은 친절했다. 그는 나에게 너무 피곤하지는 않은지, 엄마의 연세는 어떻게 되는지 궁금해했다. 나는 혹시 틀릴까봐 그냥 "예순쯤 되셨어요"라고 말했다. 사장은 안심하는 것 같았고, 그건 이미 지나간 일이라고 생각하는 듯했는데 이유는 잘 모르겠다.

　내 책상 위에는 선하증권이 잔뜩 쌓여 있었는데, 하나하나 전부 검토해야 하는 것들이었다. 점심을 먹으러 나가기 전에 손을 씻었다. 정오의 손을 씻는 이 시간이 참 좋다. 그런데 저녁이 되면, 걸어두었던 수건이 하루 종일 사용된 탓에 축축해져 있어서 손 씻는 게 그다지 좋지 않다. 언젠가 사장에게 이 점에 대해 이야기한 적이 있었다. 사장은 그 역시 유감스럽게 생각은 하지만, 그리 중요한 문제는 아니라고 했다. 나는 발송과에서 일하는 에마뉘엘과 함께 조금 늦게 열두 시 반쯤 점심을 먹으러 갔다. 사무실은 바다 쪽으로 나 있었는데, 우리는 태양이 이글거리는 항구에 떠 있는 화물선들을 바라보느라 그만 넋이 팔려버렸다. 그때였다. 화물차 한 대가 요란스런 쇠사슬 소리와 엔진 소리를 내며 도착했다. 에마뉘엘이 "저 차 잡아탈까?"라고 물었고, 나는 뛰기 시작했다. 화물차가 우리를 지나쳤고 우리는 그 뒤를 쫓아갔다. 나는 소음과 먼지로 뒤덮이고 말았다. 앞을 전혀 볼 수 없었다. 단지 권양기들과 여러 기기들, 수평선 위로 춤추는 돛대 그리고 우리를 따라 있는 선박들 한가운데로 마냥 달리고 있는 이 속도를 느낄 뿐이었다. 계속 달리고 있던 화물차에 마침내 내가 먼저 올라탔고, 에마뉘엘도 기어오를 수 있도록 도왔다. 숨이 턱 끝까지 차올랐다. 화물차는 먼지로 뿌연 햇빛 속을 뚫고 나가며 부두의 울퉁불퉁한 길 위를 달리고 있었다. 에마뉘엘은 숨이 넘어갈 듯 웃어댔다.

우리는 땀에 흠뻑 젖은 채로 셀레스트네 식당에 도착했다. 셀레스트는 늘 그렇듯 불룩 나온 배에 앞치마를 두르고 흰 수염이 자란 얼굴로 거기에 있었다. 그는 나에게 "그래도 잘 지내고 있지?" 하며 물었다. 나는 잘 지낸다고, 배가 고프다고 했다. 나는 서둘러 점심을 먹고 커피를 마셨다. 그러고는 집으로 갔고, 와인을 너무 마셨는지 까무룩 잠이 들어버렸다. 잠에서 깨니 담배가 피우고 싶었다. 시간이 늦어버려서 전차를 잡기 위해 내달렸다. 나는 오후 내내 일을 했다. 사무실 안은 무척 더웠다. 저녁에 부둣가를 천천히 걸어 퇴근하는 길이 참 행복했다. 하늘은 초록빛이었고 기분이 좋았다. 그래도 나는 삶은 감자 요리를 해 먹으려고 곧바로 집으로 돌아왔다.

어두운 계단을 올라가다가 같은 층에 사는 이웃인 살라마노 영감과 부딪쳤다. 그가 키우는 개도 함께 있었다. 그 둘이 같이 있는 걸 본 지도 팔 년이었다. 스패니얼 종인 이 개는 습진을 앓는지 털은 죄다 빠지고 온몸이 반점과 갈색 피딱지투성이었다. 좁은 방 안에서 둘이서만 살아서인지 살라마노 영감은 그의 개와 닮아 있기까지 했다. 그의 얼굴에는 불그스름한 딱지들이 있고 누런 털이 듬성듬성 나 있다. 개도 주둥이를 앞으로 쭉 빼고 목을 뻣뻣하게 내민 것이 구부정한 주인을 닮아 있었다. 둘은 같은 품종인 것 같은데 서로를 싫어한다. 열한 시와 여섯 시, 하루에 두 번 영감은 개를 데리고 산책을 한다. 팔 년 전부터 이 둘의 산책로는 바뀌지 않았다. 항상 리옹 거리를 따라 가는 모습을 볼 수 있는데, 개에 끌려가던 영감이 결국에는 발부리가 무언가에 걸려 비틀거리기도 했는데, 그럴 때마다 영감은 개를 때리고 욕지거리를 해댄다. 그러면 개는 무서워 벌벌 떨며 바짝 엎드려 끌려간다. 그때부터는 영감이 개를 끌고 갈 순서다. 그런데 개가 조금 전의 일을 깜빡하고는 다시 영감을 끌어대면 또 맞고 욕을 먹게 된다. 이런 상황까지 오면 이제는 둘이 길 위에 서서, 개는 공포에 떨며 주인은 증오심이 불타올라 서로 노려보게 되는 것이다. 매일이 항상 이런 식이다. 개가 오줌을 싸고 싶어해도, 영감은 틈도 주지 않고 끌고 간다. 개는 어쩔 수 없이 오줌을 지리면서 따라간다. 어쩌다가 개가 방 안에서 오줌을 싸기라도 하는 날이면 또 두들겨 맞는다. 이렇게 지낸 지도 팔 년째다. 셀레스트는 항상 '불쌍하다'고 하지만 사실 속사정은 아무도 모르는 것이다. 내가 계단에서 살라마노 영감과 마주쳤을 때도 마침 개는 또 욕을 먹고 있는 중이었다.

"이 염병할! 망할 놈 같으니라고!"

개는 낑낑대고 있었다.

"안녕하세요."

내가 인사를 건넸지만 영감은 계속 욕설을 퍼붓는 중이었다. 그래서 개가 무슨 잘못을 했는지 물었다. 영감은 대답 대신 욕만 해댔다.

"이 염병할! 망할 놈 같으니라고!"

영감은 개 쪽으로 몸을 숙이고 목줄에 달린 무엇인가를 정돈하는 것 같았다. 나는 더 크게 말했다. 그러자 영감은 돌아보지도 않고 소리쳤다.

"이놈이 꼼짝을 안 하잖아!"

그러고는 개를 억지로 잡아끌고 가버렸다. 네 발로 버티던 개는 끙끙거리며 질질 끌려갔다.

바로 그때, 같은 층의 또 다른 이웃이 들어왔다. 동네에서는 여자들을 등쳐 먹기로 유명한 남자다. 그에게 직업이 무엇이냐고 물으면, 그는 '창고지기'라고 말한다. 대부분의 사람들이 그를 좋아하지 않는다. 그런데 그는 종종 나와는 이야기도 나누고 우리 집에 와서 함께 시간을 보내기도 한다. 내가 그의 이야기를 들어주기 때문이다. 그가 하는 이야기들은 재미있었다. 게다가 나로서는 그와 이야기를 나누지 않을 이유가 전혀 없었다. 그의 이름은 레몽 생테스다. 키는 무척 작은데 어깨가 떡 벌어졌고 코를 보면 권투선수 같다. 그의 옷차림은 항상 말끔했다. 그도 살라마노 영감에 대해 이야기하면서 "정말 불쌍한 인간이에요"라고 했다. 그가 나에게 영감을 보면 혐오스럽지 않느냐고 묻기에, 그렇지 않다고 대답했다.

우리는 계단을 올랐다. 그와 헤어져 집으로 들어가려는데 그가 말했다.

"우리 집에 소시지와 와인이 있는데, 같이 드실래요?"

덕분에 따로 식사 준비를 하지 않아도 되겠다는 생각에 그렇게 하기로 했다. 그의 집도 방 하나에 창문 없는 부엌이 전부였다. 침대 위로는 흰색과 분홍색의 천사 석고상과 운동선수들의 사진과 여자의 나체 사진이 두세 장 붙어 있었다. 방 안은 지저분했고 침대도 어질러져 있었다. 레몽은 일단 석유램프를 켰다. 그러고는 호주머니에서 꽤 지저분해 보이는 붕대를 꺼내 오른손을 감기 시작했다. 무슨 일이 있었냐고 물었더니, 어떤 놈이 시비를 거는 바람에 한바탕 싸웠다고 했다.

"뫼르소 씨, 내가 나쁜 놈이 아니에요. 그저 참을성이 별로 없는 것뿐이죠. 그놈이 '네가 진짜 남자면 이 전차에서 내려봐' 이러지 않겠어요? 내가 '조용히 좀 하시지'라고 했더니 날보고 사나이답지 못하다는 겁니다. 그래서 전차에서 내려 말했죠. '까불지 않는 게 좋을 거야. 계속 그러면 본때를 보여줄 테니.' 그랬더니 '본때는 무슨 본때?' 하는 거예요. 그냥 한 방 날렸습니다. 나동그라지더라고요. 일으켜 주려고 했더니 이놈이 누운 채로 발길질을 하잖아요. 그래서 무릎으로 한 두어 번 패주었는데 얼굴이 피투성이가 되고 말았어요. 내가 '자, 이제 본때가 뭔지 알겠나?' 했더니 '그래, 알겠다' 하더군요."

레몽은 이야기를 하는 동안 계속 붕대를 감았다. 나는 침대에 앉아 있었다.

"자, 보세요, 내가 시비를 건 게 아니라 그놈이 맞을 짓을 한 거라고요."

레몽의 말이 맞았고 나도 그렇게 생각한다고 말해주었다. 그러자 레몽은 마침 나에게 이번 일에 대해 조언을 구하고 싶었다고 했다. 내가 남자답고 삶에 대해서도 잘 아는 것 같다면서 내가 그에게 도움을 줄 수 있을 거라고 했다. 그리고 그도 나에게 친구가 되어줄 수 있다고 했다. 내가 아무 말 하지 않자 레몽은 또다시 나에게 그와 친구가 되고 싶은지 물었다. 아무래도 상관없다는 나의 말에 레몽은 만족스러운 눈치였다. 그는 소시지를 꺼내 프라이팬에 구웠다. 그리고 잔, 접시, 식기, 와인 두 병을 놓아두었다. 우리는 둘 다 말이 없었다. 마침내 자리를 잡고 앉았다. 음식을 먹으면서 레몽은 자기 이야기를 하기 시작했다. 처음에는 조금 망설이듯 말했다.

"내가 어떤 여자를 만났는데 말이죠……. 말하자면 정부였죠."

레몽과 싸웠다던 그 남자는 사실 그 정부의 오빠였다. 레몽은 그 여자의 생계를 책임졌다고 했다. 내가 뭐라고 대꾸한 것도 아닌데, 그는 곧바로 동네 사람들이 자신에 대해 뭐라고 하는지 잘 알고 있으며 그래도 양심에 걸리는 것은 전혀 없고 자기는 창고지기라고 말했다.

"아까 했던 이야기로 다시 돌아가자면 말이죠, 그 여자가 나를 속이고 있다는 사실을 알게 되었어요."

레몽은 그 여자에게 먹고살 정도의 비용을 주었다. 방세도 내주고 식비로도 하루 이십 프랑씩 주었다는 것이다.

"방세로 삼백 프랑, 식비로 육백 프랑, 가끔은 스타킹도 사줬어요. 천 프랑쯤 든 셈이죠. 그 여자는 일을 하지 않았어요. 그런데도 한다는 소리가 내가 준 돈으로는 겨우 입에 풀칠만 한다나? 그래서 내가 '반나절이라도 일하지 그래? 그러면 소소한 것들은 나한테 사달라고 하지 않아도 될 텐데. 이번 달만 해도 옷 한 벌에, 용돈으로 하루에 이십 프랑씩 주고 방세까지 내주었잖아. 당신은 낮에 친구들이랑 커피나 마시러 다니지. 친구들한테 선심 쓰는 커피나 설탕 전부 다 내 돈 아니야? 나는 당신한테 돈도 주고 잘해주었는데, 당신은 나를 위해 한 게 뭐 있는데!'라고 했죠. 그런데 그런 소리를 듣고도 일을 안 하더라고요. 내가 주는 돈으로는 살 수가 없다는 소리만 해대면서 말이죠. 그래서 내가 속고 있다는 생각이 든 거예요."

레몽은 여자의 가방에서 복권 한 장을 발견했다고 했다. 여자는 무슨 돈으로 샀는지 말하지 못했다. 그러다 또 얼마 뒤, 여자 집에서 전당포에 다녀온 '증거'를 발견했다. 그걸 보니 팔찌 두 개를 저당 잡힌 게 분명했다. 레몽은 그녀에게 팔찌가 있는 줄 꿈에도 몰랐다.

"그동안 속고 있었다는 걸 확실히 안 거죠. 그래서 그 여자와 헤어졌어요. 그런데 헤어지기 전에 일단 두들겨 패줬어요. 그리고 사실대로 퍼부었어요. 마냥 놀고만 싶어하는 년이라고요. '사람들은 내가 당신한테 준 행복을 부러워하고 있어. 당신은 모르겠지. 이 행복을 놓친 걸 후회할 날이 있을 거야'라고 말해주었답니다. 뫼로소 씨는 제 마음을 이

44

해하실 거예요.”

레몽은 그 여자가 피를 흘리도록 때렸다. 전에는 그렇게 때린 적이 없었다고 했다.

“손을 댄 적은 있었죠. 하지만 말 그대로 손을 댄 정도였어요. 그년이 소리를 지르면 나는 덧문을 닫으면 끝나는 일이었거든요. 그런데 이번에는 심각했어요. 그래도 내 속이 풀리려면 아직 멀었어요.”

레몽은 나에게 이 부분에 대해 조언이 필요하다고 했다. 그는 그을음이 나는 램프의 심지를 조절하느라 말을 멈췄다. 나는 계속 그의 말에만 귀 기울이고 있었다. 와인을 거의 일 리터나 마셨더니 관자놀이가 매우 뜨거웠다. 담배가 다 떨어져서 레몽의 담배를 피웠다. 마지막 전차들이 지나갔고 이제는 변두리의 소음도 저 멀리 사라져 갔다. 레몽이 말을 이어 갔다. ‘그녀와의 잠자리에 아직 미련이 남아 있어서’ 괴롭지만 그녀를 혼내주고 싶다고 했다. 일단 그녀를 호텔로 데려간 뒤 ‘풍기 단속반’을 불러 한바탕 소동을 벌여 그녀를 매춘부 명단에 올리려는 생각이었다. 그다음으로 그의 뒷골목 친구들에게 물어보았지만 그들이라고 뾰족한 수가 있는 게 아니었다. 뒷골목 위인들이 이 정도의 일도 해결하지 못하느냐고 했더니 그들은 그녀의 얼굴에 ‘낙인’을 찍어버리자고 했단다. 하지만 그가 원하는 건 그런 게 아니었다. 조금 더 고민해봐야겠다는 것이었다. 그전에 나에게 물어보고 싶은 게 있다고 했다. 먼저 그의 이야기를 내가 어떻게 생각하는지 알고 싶다는 것이었다. 나는 딱히 생각나는 건 없지만 흥미로운 이야기이기는 하다고 대답했다. 나역시도 그녀가 그를 속였다고 생각하는지 묻기에, 그런 것 같다고 했다. 그리고 그 여자를 혼내주는 것에 대해서는 어떻게 생각하느냐, 나 같으면 어떻게 할 것 같으냐고도 물었다. 그래서 어떻게 할지는 나도 모르겠지만 혼내주고 싶은 마음은 이해한다고 말했다. 나는 와인을 조금 더 마셨다. 레몽은 담뱃불을 붙이더니 그가 생각하고 있는 바가 무엇인지 이야기하기 시작했다. 그는 '혼쩌검을 내는 동시에 후회하게 할 수 있는' 편지를 쓰고 싶어했다. 그렇게 해서 여자가 돌아오면 그녀와 동침을 했다가 '끝나갈 무렵' 그녀 면상에다가 침을 뱉고는 밖으로 내쫓아버리겠다고 했다. 내 생각에도 그 정도면 그녀에게 충분한 벌이 될 것 같았다. 그런데 레몽은 자신의 생각에 맞게 편지를 쓸 수 없을 것 같다면서 내가 대신 써줄 수 있지 않을까 생각했다는 것이었다. 내가 아무 말을 하지 않자, 그는 지금 편지를 쓰기가 조금 난처하냐고 물었고, 나는 아니라고 했다.

레몽은 와인 한 잔을 들이켜고는 일어섰다. 그리고 우리가 먹다가 남긴 소시지와 접시들을 한쪽으로 치웠다. 식탁에 깔려 있던 방수포도 정성스레 닦았다. 그러고는 침대 머리맡 탁자 서랍에서 모눈종이 한 장과 노란 봉투, 붉은 나무로 된 작은 펜대 그리고 네모난 보라색 잉크병을 꺼냈다. 여자의 이름을 들어보니, 이슬람교도임을 알 수 있었다. 나는 편지를 썼다. 그냥 펜 가는 대로 썼지만 레몽의 마음에 들수 있도록 애쓰기는 했다. 굳이 그렇게 하지 않을 이유가 없었기 때문이다. 나는 큰소리로 읽어보았다. 레몽은 담배를 피우며 고개를 끄덕이면서 가만히 듣고 있었다. 그러고는 다시 한번 읽어달라고 했다. 아주 마음에 들어 했다.

"네가 세상 물정에 밝다는 걸 진작에 알고 있었다니까."

레몽이 말했다.

처음에는 레몽이 나에게 말을 놓았다는 사실을 알아채지 못했다. "이제 넌 내 진정한 친구야"라는 그의 말을 듣고서야 알았다. 레몽은 다시 한번 똑같은 말을 반복했고 나는 "그래"라고 말했다. 나는 그의 친구가 되었든 아니든 아무래도 상관없었다. 그는 정말로 나의 친구가 되고 싶은 것 같았다. 그는 편지를 봉했고 우리는 와인을 마저 마셨다. 그리고 우리는 말없이 한동안 담배를 피웠다. 집 밖은 조용했고 자동차가 미끄러지듯 지나가는 소리가 들렸다.

"시간이 늦어버렸네."

내가 이렇게 말하자 레몽도 같은 생각을 하고 있는 것 같았다.

그는 시간이 참 빨리 지나간다고 했다. 어떤 의미에서는 사실이었다. 나는 졸렸지만 일어나기가 힘들었다. 내가 피곤해 보였던 모양인지 레몽이 나에게 너무 상심하지 말라고 했다. 나는 언뜻 무슨 소리인지 몰랐다. 그는 나에게 어머니께서 돌아가셨다는 소식을 들었다면서 어차피 한 번은 겪어야 하는 일이라고 했다. 나의 생각도 그랬다.

내가 자리에서 일어나자 레몽이 나의 손을 꽉 움켜쥐었다. 그러면서 사나이끼리는 말을 하지 않아도 다 통한다고 했다. 나는 그의 집을 나와 문을 닫았다. 잠시 캄캄한 층계참에 서 있었다. 건물 안은 조용했고 계단 아래에서는 어둡고 습한 공기가 올라오고 있었다. 귓가에는 나의 맥박 소리만 들릴 뿐이었다. 나는 가만히 서 있었다. 그런데 그때 살라마노 영감의 방에서 개가 끙끙거리는 소리가 나지막이 들려왔다.

4장

나는 일주일 내내 일에 매달렸다. 레몽이 오더니 편지를 부쳤다고 했다. 나는 에마뉘엘과 극장에 두 번 갔다. 에마뉘엘은 영화의 흐름을 따라가지 못하는 편이어서 항상 설명을 해주어야 한다. 어제는 토요일이었는데, 약속대로 마리가 찾아왔다. 마리는 빨간색과 하얀색의 줄무늬가 있는 아름다운 원피스에 가죽 샌들을 신고 있었는데, 그 모습에 정욕이 느껴졌다. 탄탄한 가슴이 눈에 띄었고 햇볕에 그을린 얼굴은 마치 꽃을 보듯 아름다웠다. 우리는 버스를 타고 알제에서 몇 킬로미터 떨어진 바닷가로 갔다. 그곳은 바위로 둘러싸여 있고 육지 쪽으로는 갈대가 우거져 있었다. 오후 네시의 태양이 그리 뜨겁지는 않았는데 물은 차갑지 않았고 자잘한 물결이 길게 퍼져 천천히 넘실거리고 있었다. 마리가 놀이 하나를 가르쳐주었다. 헤엄을 치면서 파도가 일 때 물을 입 안으로 들이마시고는 삼키지 않고 물고 있다가, 반듯하게 누운 채로 그 물을 거품으로 만들어 하늘로 뿜어버리는 것이다. 그러면 물거품이 흡사 레이스처럼 공중으로 흩날리기도 하고 얼굴 위로 미지근한 비처럼 떨어지기도 한다. 그런데 계속 하다 보니까 소금기 때문에 입 속이 쓰라릴 정도로 얼얼해졌다. 물속에서 마리가 다가와 나에게 달라붙었다. 그녀의 입술이 내 입술에 닿았다. 입술에서 그녀의 혀가 느껴지자 산뜻한 느낌이 들었다. 우리는 잠시 물결 속을 뒹굴었다.

바닷가로 나와 옷을 갈아입는데 마리가 빛나는 눈빛으로 나를 바라보았다. 나는 그녀에게 키스를 했다. 이때부터 우리는 말이 없었다. 나는 마리를 꼭 끌어안고서 서둘러 버스를 타고 집으로 돌아왔다. 방에 들어서기 무섭게 우리는 침대로 뛰어들었다. 여름밤의 공기가 열린 창문으로 흘러들어와, 태양에 그을린 몸 위로 기분 좋게 지나갔다.

오늘 아침에는 마리가 우리 집에 남아 있었기 때문에, 그녀에게 함께 점심을 먹자고 했다. 고기를 사러 내려갔다가 올라오는데, 레몽의 방에서 여자 목소리가 들려왔다. 조금 후, 살라마노 영감이 개를 혼내는 소리가 들렸고 구두창 소리와 나무 계단을 긁는 소리가 들리더니 "빌어먹을! 나쁜 놈 같으니라고!" 하며 궁시렁거리는 소리가 들려왔다. 그리고 그 둘은 거리로 나갔다. 마리에게 살라마노 영감의 이야기를 해주었더니 웃었다. 그녀는 내 파자마를 입고 소매를 걷어 올리고 있었다. 마리의 웃는 모습에 나는 또다시 정욕을 느꼈다. 잠시 후, 마리는 나에게 자기를 사랑하느냐고 물었다. 나는 그런 건 아무런 의미가 없지만, 아마 아닌 것 같다고 했다. 마리의 얼굴이 굳어졌다. 하지만 점심을 준비하면서 마리가 별것도 아닌데 또 웃어대기에, 나는 그녀에게 키스를 했다. 바로 그때, 레몽의 집에서 말다툼하는 소리가 들렸다.

먼저 여자의 날카로운 목소리가 들렸고 그후 레몽의 소리가 들렸다. "넌 나를 가지고 놀았어! 날 가지고 놀았다고! 날 가지고 놀면 어떻게 되는지 알려주겠어!" 무겁게 내리치는 소리가 몇 번 나는가 싶더니 여자가 비명을 질렀다. 그런데 그 소리가 얼마나 무서웠던지 순식간에 사람들이 계단으로 가득 몰려들었다. 마리와 나도 나가보았다. 여자는 계속 소리를 질러댔고 레몽은 계속 때려댔다. 마리가 정말 끔찍하다고 말했지만 나는 아무런 말도 하지 않았다. 마리는 경찰을 부르라고 했지만 나는 경찰을 좋아하지 않는다고 대답했다. 그런데 3층에 세들어 사는 배관공과 함께 경찰이 나타났다. 경찰이 레몽 집의 문을 두드렸다. 그러나 아무 소리도 들리지 않았다. 더 세게 두드리자 마침내 여자의 울음소리가 들렸고, 곧 레몽이 문을 열었다. 그는 담배를 문

채 짐짓 상냥한 척 행동했다. 여자가 문 앞으로 뛰어나오더니 경찰에게 레몽이 자신을 때렸다고 했다. 경찰이 "이름!"이라고 했고 레몽이 대답을 했다. 그러자 경찰은 "말을 할 때는 담배 좀 빼지"라고 말했다. 레몽은 잠시 망설이는가 싶더니 나를 쳐다보고는 담배를 한 모금 빨았다. 그 순간, 경찰이 두툼한 손으로 레몽의 뺨을 냅다 후려쳤다. 담배는 몇 미터를 날아가 떨어졌다. 레몽은 순간 안색이 변해버렸지만 아무런 말도 하지 않았다. 그러다가 한결 유순해진 목소리로 담배꽁초를 주워도 되겠느냐고 물었다. 경찰은 그러라고 하고는 덧붙였다.

"다음에는 경찰이 허수아비가 아니라는 사실을 명심해야 할 거야."

그러는 동안에도 여자는 울면서 "날 때렸어요. 저놈은 포주예요"라는 말을 되풀이했다. 그러자 이번에는 레몽이 "경관님, 애먼 사람에게 포주라고 하는 건 합법인가요?"라고 했고, 그의 말에 경찰은 그만 닥치라고 했다. 레몽은 여자를 향해 돌아보며 말했다.

"기대해, 이것아, 또 보자고."

경찰은 레몽에게 입을 다물라고 한 뒤, 여자에게는 돌아가라고 했다. 레몽에게는 방에 들어가 경찰 소환을 기다리고 있으라면서 몸이 그렇게 떨릴 정도로 술을 마셨으면 창피한 줄 알라고 덧붙였다. 그러자 레몽이 설명했다.

"경관님, 저는 취하지 않았어요. 단지 경관님 앞이라 떨려서 그런 것뿐입니다. 저도 어쩔 수 없다고요."

레몽이 문을 닫고 들어가자 구경하던 사람들도 모두 흩어졌다. 마리와 나는 점심 준비를 마쳤다. 하지만 마리는 배가 고프지 않다고 해서 내가 거의 다 먹었다. 마리는 한 시에 집으로 돌아갔고 나는 한숨 잤다.

세 시쯤, 문 두드리는 소리가 나더니 레몽이 들어왔다. 나는 계속 누워 있었다. 레몽이 침대 끝에 걸터앉았다. 잠시 말이 없었다. 나는 어떻게 그런 일이 일어났던 건지 물었다. 레몽은 계획했던 대로 했더니 여자가 따귀를 때려서 자기도 두들겨 패주었다는 것이다. 그다음 이야기는 내가 봤던 그대로였다. 이제 그 여자를 혼내주었으니 속이 풀렸겠다고 하니까 그도 그렇게 생각한다고 했다. 이제 와서 경찰이 아무리 뭐라고 한다 하더라도 그년이 이미 맞았는데 어찌하겠느냐는 것이었다. 그리고 그는 경찰들이 어떤 인간들인지 아주 잘 알고 있기 때문에 그들을 어떻게 다루어야 하는지도 잘 안다고 했다. 경찰이 그의 따귀를 때렸을 때 그가 대들기를 기대했느냐고 묻기에 나는 전혀 그런 기대를 하지 않았으며 경찰을 싫어한다고 대답했다. 레몽은 매우 흡족해하는 것 같았다. 그는 나에게 함께 나갈 생각이 있는지 물었다. 나는 일어나 머리를 빗었다. 그는 나에게 증인이 되어주어야겠다고 했다. 나는 아무래도 상관없었지만 무슨 말을 해야 하는지는 몰랐다. 레몽의 말대로라면 그 여자가 그를 가지고 놀았다고만 말해주면 되었다. 나는 그의 증인이 되어주기로 했다.

우리는 밖으로 나갔다. 레몽이 코냑 한 잔을 사주었다. 그리고 당구 한 판을 쳤는데 내가 이길 수도 있었으나 아쉽게 지고 말았다. 레몽은 사창가에 가고 싶어했지만 나는 그런 곳을 싫어하기 때문에 가지 않겠다고 했다. 우리는 천천히 집으로 돌아왔다. 레몽은 그 여자를 드디어 혼내주었다면서 만족스러워했다. 그는 나에게 매우 친절하게 대하는 것 같았고 즐거운 시간을 보내고 있다는 생각이 들었다.

저 멀리 문 앞에, 살라마노 영감이 불안해하고 있는 모습이 보였다. 가까이 다가가서 보니 개가 없어진 것 같았다. 영감은 사방을 둘러보느라 빙글빙글 돌기도 하고, 어두운 복도를 들여다보면서 앞뒤가 맞지 않는 말들을 중얼댔다. 그리고 충혈된 작은 눈으로 길가를 다시 훑어보기 시작했다. 레몽이 무슨 일인지 물었지만 영감은 대답이 없었다. "빌어먹을, 고약한 놈 같으니라고!"라고 구시렁거리는 소리만 희미하게 들렸다. 영감은 계속 안절부절못했다. 개는 어디에 있는지 물어보니 그제야 대답하기를, 도망가 버렸다는 것이었다. 그러고는 쉴 틈 없이 말을 쏟아냈다.

"평소처럼 연병장으로 데리고 나갔지. 노점 주위로 사람들이 많았어. '탈주왕'을 보려고 멈춰 섰다가 이제 다른 곳으로 가려는데 보니까 그놈이 없는 거야. 진즉에 조금 작은 목걸이를 사주어야겠다는 생각은 했었는데, 이렇게 도망갈 줄은 꿈에도 생각하지 못했어."

레몽은 개가 길을 잃어버렸을 수도 있다면서 다시 돌아올 수도 있다고 설명해주었다. 수십 킬로미터나 떨어진 곳에서 주인을 찾아왔다는 개의 이야기를 들려주기도 했다. 그래도 살라마노 영감은 오히려 더 불안해하는 것 같았다.

"그런데 잡혀갈 것 같아서 말이지. 누군가 길러준다면 모르지만. 아마 그럴 일은 없을걸. 딱지투성이를 좋아할 사람은 없을 테니까. 분명 경찰들한테 잡혀갈 테지."

그래서 나는 동물보호소에 가보는 게 좋을 것이며, 만약 거기에 개가 있다면 얼마의 금액을 낸 후 다시 데려올 수 있을 거라고 이야기했다. 영감은 나에게 그 금액이 비싼지 물었다. 그건 나도 잘 몰랐다. 그러자 그는 화를 내면서 욕설을 퍼붓기 시작했다.

"그런 빌어먹을 놈 때문에 내가 돈을 내야 하다니, 그냥 죽어버려라!"

레몽은 웃으며 건물 안으로 들어갔다. 나는 그 뒤를 따라 들어갔고 2층 계단참에서 헤어졌다. 잠시 후, 살라마노 영감의 발소리가 들리는가 싶더니 내 방문을 두드렸다. 문을 열자, 영감은 가만히 서 있다가 나에게 말했다.

"미안해, 미안해요."

내가 집으로 들어오라고 했는데도 그는 거절했다. 계속 발끝만 바라보고 있는 그의 딱지투성이 손이 덜덜 떨렸다. 나를 쳐다보지도 않은 채 물었다.

"개를 빼앗아가는 건 아니겠지, 뫼르소 씨? 데려올 수 있겠지? 안 그러면 어쩌지?"

동물보호소에서는 주인이 찾으러 올 것을 대비해 사흘 동안만 개를 맡아두는데, 그 기간이 지나면 적당히 처분해 버린다고 그에게 알려주었다. 살라마노 영감은 조용히 나를 바라보았다. 그리고 말했다.

"잘 있게나."

그렇게 방문이 닫히자 그의 발소리가 들렸다. 그의 침대가 삐걱거렸다. 벽 너머로 이상한 소리가 희미하게 들렸는데, 그가 울고 있는 것이었다. 그 순간 왜 엄마 생각이 났는지 모르겠다. 하지만 다음 날 아침에 일찍 일어나야 했다. 배가 고프지 않아서 저녁도 먹지 않고 잠자리에 들었다.

5장

레몽이 사무실로 전화를 했다. 그의 친구가(레몽이 그에게 내 이야기를 했다고 한다) 알제 근처에 있는 작은 별장에서 일요일을 함께 보내자고 초대했다는 것이었다. 나는 정말 그러고 싶지만 여자 친구와 약속이 있다고 했다. 그러자 내 말이 끝나기 무섭게, 여자 친구와 같이 오라고 했다. 레몽 친구의 아내 외에는 모이는 사람들이 전부 남자들이라서 그녀가 아주 좋아할 거라고 했다.

사장은 외부에서 전화가 걸려오는 것을 싫어하기 때문에 레몽과의 통화를 얼른 끝내고 싶었다. 그런데 레몽은 나에게 잠깐 기다리라고 하더니, 사실 이 초대에 대해서보다 다른 할 이야기가 있다고 했다. 하루 종일 아랍인 여럿에게 미행을 당했는데 그 무리에 정부의 오빠도 있다는 것이었다.

"혹시 오늘 퇴근길에 집 근처에서 그놈들을 보면 나에게 알려줘."

나는 알았다고 했다.

잠시 후, 사장이 나를 불렀다. 순간, 혹시 전화 좀 그만하고 열심히 일이나 하라고 말하려는 것일까 싶어서 걱정이 되었다. 그런데 내 예상과는 전혀 다른 이야기였다. 사장은 아직은 확실한 게 전혀 없지만 어떤 계획에 대해 이야기하겠다고 했다. 단지 내 의견을 들어보고 싶다는 것이었다. 파리에 사무소를 내서 현지의 큰 회사들과 직접 거래하려고 하는데 내가 그리로 갈 의향이 있는지 물었다. 파리에서 생활할 수도 있고 연중 얼마 동안은 여행도 다닐 수 있을 거라고 했다.

"자네는 젊으니까 그런 생활을 좋아할 거야."

그렇기는 하지만 나로서는 사실상 어느 쪽이든 마찬가지라고 대답했다. 그러자 사장은 삶에 변화를 줄 수 있는데 흥미롭지 않느냐고 물었다. 나는 삶이란 결코 변하지 않는 것이며, 어쨌든 모든 삶의 가치는 우열을 가릴 수 있는 게 아니고 이곳에서의 삶에도 전혀 불만이 없다고 답했다. 사장의 표정이 좋지 않았다. 그는 내가 항상 동문서답만 하고 도대체 야심이 없는데, 그러면 사업하기가 어렵다고 했다. 나는 일을 하려고 자리로 돌아왔다. 사장의 신경을 거스르고 싶지 않았지만 왜 나의 삶에 변화를 주어야 하는지 이해할 수 없었다. 곰곰이 생각해봐도 나는 불행하지 않았다. 학창 시절에는 나도 그런 종류의 야망이 많았다. 하지만 학업을 포기해야 했을 때 그 모든 것이 현실적으로는 중요하지 않다는 것을 아주 빨리 깨달았다.

저녁에 마리가 찾아와 내가 그녀와 결혼을 하고 싶어하는지 물었다. 나는 아무래도 상관없고 그녀가 원한다면 나도 좋다고 했다. 그러자 마리는 내가 그녀를 사랑하는지 알고 싶다고 했다. 전에도 한번 말했던 것처럼 그건 아무 의미가 없지만 아마도 사랑하지 않는 것 같다고 대답했다.

"그러면 왜 나와 결혼하겠다는 거야?"

마리가 물었다.

나는 다시금 그건 전혀 중요하지 않고 그녀가 원한다면 결혼을 해도 좋다고 설명해주었다. 결혼하자고 한 건 마리였고 나는 그 제안을 받아들인 것뿐이었다. 그러자 마리는 결혼이란 중대한 문제라고 지적했다. 나는 "그렇지 않아"라고 대답했다. 그녀는 잠깐 말없이 나를 바라보다가 입을 열었다. 내가 이런 식으로 만난 다른 여자가 이렇게 청혼해도 받아들일지 궁금하다고 했다. 그래서 "당연하지"라고 대답했다. 그러자 마리는 자기가 나를 사랑하는지에 대해 생각해보는 듯했고 나로서는 그녀의 생각을 알 길이 없었다. 그녀는 잠시 또 말이 없다가 중얼거렸다. 내가 이상한 사람이며, 그녀는 그런 이유로 나를 사랑하지만 또 그 때문에 나를 싫어하게 될 날이 올지도 모르겠다고 했다. 나는 할 말이 없어서 잠자코 있었다. 마리는 웃으면서 내 팔짱을 끼더니 나와 결혼하고 싶다고 말했다. 그녀가 원한다면 언제든 바로 결혼하자고 했다. 그리고 사장이 제안했던 이야기를 들려주니 마리는 파리에서 살아보고 싶다고 했다. 내가 파리에서 잠시 살아본 적이 있다고 하니까 그녀는 어땠냐고 물었다.

"더러워. 비둘기들이 많고 안뜰은 어두워. 사람들 피부는 허옇지."

그리고 우리는 대로를 따라 시내를 걸었다. 여자들이 아름다웠다. 마리도 이 점이 눈에 띄는지 물으니 그렇다면서 나를 이해할 수 있다고 말했다. 우리는 잠시 말이 없었다. 그래도 마리가 나와 함께 있어주었으면 싶어서 셀레스트네 식당에 가서 저녁을 먹겠느냐고 물었다. 마리는 정말 그러고 싶지만 할 일이 있다고 했다. 집 근처에 다 와서 그녀에게 잘 가라고 인사했다. 마리가 나를 바라보며 말했다.

"내가 할 일이라는 게 뭔지 알고 싶지 않아?"

사실 궁금하긴 했지만 물어볼 생각을 안 했는데 마리는 그 점을 꾸짖는 눈치였다. 내가 뭐라고 해야 할지 몰라 하니, 마리는 미소를 짓고는 내게 몸을 기대며 입술을 내밀었다.

나는 셀레스트네 식당에서 저녁을 먹었다. 이제 막 먹기 시작하려는데 키가 작은 이상한 여자가 들어오더니 나에

게 합석할 수 있느냐고 물었다. 당연히 그럴 수 있다고 했
다. 그녀는 몸짓이 무척 딱딱했는데 얼굴은 사과처럼 작았
고 눈빛은 반짝였다. 그녀는 재킷을 벗고 앉아 메뉴판을 열
심히 살폈다. 그러고는 셀레스트를 불러, 빠르고 정확하게
단번에 주문했다. 오르되브르*를 기다리면서 그녀는 가방
을 열고 작은 메모지와 연필을 꺼냈다. 그러고는 미리 총액
을 계산하고 팁까지 더해 지갑에서 정확한 금액을 꺼내 탁
자 앞에 두었다. 그때 오르되브르가 나왔고 그녀는 순식간
에 먹어치웠다. 다음 음식을 기다리면서 또 가방에서 파란
색 연필과 주간 라디오 프로그램이 실려 있는 잡지를 꺼냈
다. 그리고 거의 모든 프로그램에 하나하나 정성을 들여 표
시를 했다. 잡지가 열두 쪽 정도 되었기 때문에 식사가 끝날
때까지도 그 작업은 차근차근 계속되었고, 내가 식사를 이
미 마쳤을 때도 그 정성스러운 작업은 계속되었다. 그리고
자리에서 일어나 이번에도 역시 기계적이고 정확한 동작으
로 재킷을 다시 입고 식당을 나갔다. 나는 딱히 할 일도 없
고 해서 식당을 나가 그녀를 따라갔다. 그녀는 믿을 수 없을
정도로 정확하고 빠르게 인도 가장자리를 따라 걸었다. 옆
으로 벗어나지도 뒤를 돌아보지도 않았다. 그러다가 결국

---

*　hors-d'oeuvre, 서양식 식사에서 정해진 식사 메뉴 코스에 앞서 식욕을 돋우기 위하
여 대접하는 소품의 음식이다. 프랑스어로는 오르되브르, 영어로는 애피타이저(appetizer)
라고 한다.

그녀는 시야에서 벗어났고 나는 가던 길로 되돌아왔다. 참 이상한 여자라는 생각이 들었지만 금방 잊어버렸다.

방문 앞에서 살라마노 영감과 마주쳤다. 나는 영감에게 들어오라고 했다. 그는 결국 동물보호소에서도 개를 찾을 수 없었고 이제는 확실히 잃어버린 것 같다고 말했다. 보호소 직원들이 아마도 개가 차에 치었을 거라고 했다는 것이다. 그가 경찰서에 가서 물어보면 정확하게 알 수 있는지 물었더니 늘 있는 일이라 파악할 수 없을 거라고 했단다. 영감에게 다른 개를 키우면 되지 않느냐고 했지만 그는 그 개에 이미 익숙해졌다고 했다. 그건 그의 말이 맞았다.

나는 침대 위에서 앞발을 세우고 앉았고 살라마노 영감은 탁자 앞 의자에 앉았다. 그는 나와 마주앉아 두 손은 무릎 위에 놓고 있었다. 낡은 펠트 모자를 쓴 채였다. 그리고 누런 수염 아래 입으로는 계속 구시렁거렸다. 그와 그러고 있는 게 나는 불편했지만, 할 일도 없었고 잠이 오는 것도 아니었다. 무슨 이야기라도 꺼내야 할 것 같아서 나는 개에 대해 물어보았다. 개는 영감의 아내가 세상을 떠난 후 기르기 시작했다고 했다. 영감은 늦은 나이에 결혼을 했다. 젊을 때는 연극을 하고 싶었다. 군대에 있을 때는 군대 풍자극에서 연기를 하기도 했다는 것이다. 하지만 결국에는 철도국에서 일하게 되었는데 후회하지 않았다. 액수가 적기는 해도 연금을 탈 수 있기 때문이다. 결혼 생활이 행복하지는 않았지만 그는 대체적으로 아내에게 잘 길들여졌다. 아내가 세상을 떠나자 그는 정말 외로웠다. 그래서 동료에게 개 한 마리를 부탁했고 아주 어린 녀석으로 데리고 올 수 있었다. 처음에는 젖병을 물려야 했다. 그런데 개는 사람보다 수명이 짧기 때문에, 이제는 같이 늙어가는 신세였다.

"녀석 성질이 못됐었어. 가끔 싸우기도 했지만 좋은 놈이었지."

살라마노 영감이 말했다.

좋은 혈통의 개였다고 말하자 살라마노 영감은 흐뭇한 모양이었다.

"그 녀석이 병에 걸리기 전에 본 적 없지? 털이 있을 때 정말 아름다웠거든."

개가 피부병에 걸리고부터 영감은 저녁이고 아침이고 매일 연고를 발라주었다. 하지만 영감의 말에 따르면, 개의 진짜 병은 노화였고 노화는 치료할 수 있는 게 아니었다.

그 순간, 내가 하품을 하자 영감은 이제 가야겠다고 했다. 더 있어도 괜찮으며 개가 그렇게 되어서 유감스럽다고 했더니, 영감은 고맙다면서 엄마가 그 개를 예뻐했다는 말을 해주었다. 엄마 이야기를 할 때 영감은 엄마를 '가여운 어머니'라고 불렀다. 엄마가 죽고 난 뒤 내가 큰 슬픔에 빠져 있을 거라고 생각하고 있었다고 했지만 나는 아무 대답도 하지 않았다. 그러자 그는 당황한 듯 빠른 말투로, 동네에서는 엄마를 요양원에 보낸 나를 나쁘게 생각하지만 그는 내가 어떤 사람인지 알며 내가 엄마를 무척 사랑했다는 것을 알고 있다고 이야기했다. 지금도 왜 그렇게 말했는지 모르겠지만, 그런 이유로 사람들이 나를 나쁘게 생각하는 줄 모르고 있었으며 엄마를 보살펴드리기 위해 필요한 돈이 없으니 당연히 요양원으로 보내드려야 한다고 생각했다고 했다.

"게다가 오래전부터 엄마는 나에게 할 말도 없으셨고 혼자 계시는 걸 지루해하셨어요."

"그렇지, 요양원에 가면 친구라도 만날 수 있지."

그가 말했다.

그러고는 실례가 많았다면서 자러 가겠다고 했다. 이제 그의 삶은 변했는데, 앞으로 어떻게 해야 좋을지 모르겠다고 했다. 그와 알고 지내온 이후로 그가 처음으로 내게 슬그머니 손을 내밀었다. 그의 손을 잡으니 거칠거칠한 살결이 느껴졌다. 그는 옅은 미소를 지었고 방문을 나서기 전에 나에게 이렇게 말했다.

"오늘밤에는 개들이 짖지 않았으면 좋겠어. 계속 그 녀석인가 하고 생각이 들어서."

6장

일요일에 나는 잠에서 깨기가 너무 힘들었다. 마리가 나를
불러대고 마구 흔들어대야 할 정도였다. 우리는 일찍 나가
서 해수욕을 하고 싶었기 때문에 아침 식사도 걸렀다. 나는
속이 완전히 비어 있는 느낌이 들었고 머리가 조금 아팠다.
담배를 피워도 쓴맛이 났다. 마리는 내가 '장례 행렬에 있는
사람의 얼굴'을 하고 있다면서 놀려댔다. 마리는 머리를 푼
채 하얀 원피스를 입고 있었다. 예쁘다고 하니까 그녀는 좋
아서 웃었다.

　내려가는 길에 우리는 레몽의 방문을 두드렸다. 레몽은
곧 내려가겠다고 대답했다. 거리로 나오자 피곤하기도 하
고 덧문을 닫아놓고 있었던 탓도 있어서 갑작스레 태양빛
과 마주하는 순간 마치 따귀를 맞는 것 같은 느낌이었다. 마

리는 너무 좋아서 날뛰었고 날씨가 좋다는 말을 몇 번이고
했다. 나도 기분이 좋아졌고 그제야 시장기가 돌았다. 내가
마리에게 배가 고프다고 하니까 그녀는 우리 둘의 수영복
과 수건만 들어 있는 방수 가방을 열어 보였다. 기다리는 수
밖에 없었다. 곧 레몽이 방문을 닫는 소리가 들렸다. 그는
파란 바지에 소매가 짧은 하얀 셔츠를 입고 있었다. 그런데
밀짚모자까지 쓴 모습에 마리가 웃음을 터뜨렸다. 레몽의
새하얀 팔뚝 위로 검은 털이 나 있었다. 그 모습이 조금 불
쾌하게 느껴졌다. 레몽은 휘파람을 불며 내려왔고 무척 즐
거워 보였다.

"친구, 잘 잤어?"

그가 내게 먼저 인사를 건넨 다음, 마리를 '마드무아젤'이
라고 불렀다.

전날 레몽과 나는 경찰서에 갔고 나는 그 여자가 레몽을
'가지고 놀았다'고 증언했다. 레몽은 경고 처분을 받고 나
올 수 있었다. 내 진술은 별 무리 없이 받아들여졌다. 문 앞
에서 그 이야기를 나누고 난 뒤 우리는 버스를 타고 가기로
했다. 해변은 그리 멀지 않았지만 버스를 타면 더 빨리 갈
수 있기 때문이다. 레몽은 우리가 일찍 도착하면 그의 친구
가 좋아할 거라고 생각했다. 이제 막 길을 떠나려는데 레몽
이 눈짓으로 길 건너를 보라고 했다. 한 무리의 아랍인들이
담배 가게 진열장에 기대어 서 있었다. 조용히 우리를 쳐다

보았지만 그들 눈에는 우리가 돌이나 죽은 나무에 지나지 않는다는 태도였다. 레몽은 왼쪽에서 두 번째 놈이 그 녀석이라고 말했는데 걱정스러운 듯했다. 하지만 이미 끝난 이야기라고 덧붙였다. 도대체 무슨 영문인지 통 알 수 없었던 마리는 우리에게 무슨 일이냐고 물었다. 그래서 내가 저기 아랍인들이 레몽에게 앙심을 품고 있는 이야기를 해주었다. 마리는 어서 자리를 뜨고 싶어했다. 레몽은 가슴을 펴고는 서둘러야겠다면서 웃었다.

우리는 조금 떨어져 있는 버스 정류장으로 갔고 레몽은 그 아랍인 무리가 따라오지 않는다고 나에게 알려주었다. 뒤를 돌아보았다. 그들은 계속 그 자리에 서서 우리가 떠나온 곳을 무심하게 쳐다보았다. 우리는 버스에 올랐다. 레몽은 완전히 긴장이 풀려 마리에게 계속 농담을 던졌다. 레몽은 마리를 마음에 들어 하는 것 같았지만 마리는 그의 농담에 거의 대꾸하지 않았다. 간혹 웃음만 지으면서 그를 바라볼 뿐이었다.

우리는 알제 교외에서 내렸다. 해변은 버스 정류장에서 멀지 않았다. 하지만 바다를 내려다보며 모래사장 쪽으로 내리뻗어 있는 작은 고원을 가로질러야 했다. 고원은 이미 파란색으로 무르익은 하늘을 배경으로 노란 돌과 새하얀 수선화로 뒤덮여 있었다. 마리는 방수 가방을 힘껏 휘둘러 꽃잎을 떨어뜨리는 장난을 치고 있었다. 우리는 초록색과 하얀색으로 울타리가 쳐진 작은 별장들 사이로 걸었다. 어떤 별장들은 베란다까지 타마리스크 나무에 파묻혀 있었고, 또 다른 별장들은 돌들 한가운데에 덩그러니 놓여 있었다. 고원 끝에 다다르기도 전에 고요한 바다가 눈앞에 나타나고, 저 멀리 맑은 바닷물 속에서 잠들어 있는 커다란 곶이 보였다. 가벼운 모터 소리가 조용한 공기를 가르고 우리에게까지 들려왔다. 저 멀리 작은 트롤선이 반짝이는 바다 위로 서서히 나아가는 모습이 보였다. 마리는 붓꽃 몇 송이를 꺾었다. 바다로 내려가는 비탈길에서 보니 벌써 해수욕을 하고 있는 사람들이 보였다.

레몽의 친구는 해변 기슭에 있는 자그마한 나무 별장에서 살고 있었다. 별장은 바위를 등진 채, 전면 아래쪽을 받치고 있는 기둥들은 물속에 잠겨 있었다. 레몽이 우리를 소개했다. 레몽 친구의 이름은 마송이었다. 그는 큰 키에 몸집과 어깨가 떡 벌어진 사람이었는데, 그의 아내는 파리 말씨를 쓰는 동글동글하고 예쁜 여자였다. 마송은 곧바로 우리에게 마음 편히 지내라며 그날 아침에 잡은 물고기로 생선 튀김을 만들어놓았다고 했다. 내가 집이 정말 예쁘다고 말하자 그는 토요일, 일요일 그리고 휴일이면 이곳에 와서 지낸다고 알려주었다.

"아내는 그 누구와도 돈독하게 잘 지낸답니다."

마송이 덧붙여 말했다.

때마침 마송의 아내는 마리와 즐겁게 웃고 있었다. 내가 결혼에 대해 진지하게 생각했던 게 아마 그때가 처음이었던 것 같다.

마송은 수영을 하러 가고 싶어했지만 그의 아내와 레몽은 싫다고 했다. 결국 우리 셋이서 바닷가로 내려갔고 마리는 곧바로 물속으로 뛰어들었다. 마송과 나는 잠시 기다렸다. 마송은 말이 느린 편이었는데 말끝마다 '덧붙이자면'이라는 말을 하는 것이 습관이었다. 심지어 이 말을 보탤 이유가 전혀 없을 때도 그러했다. 마리에 대해서 말할 때도 "근사한 분이시네요. 덧붙이자면 매력도 있으시고요"라고 말했다. 나는 기분 좋게 내리쬐는 햇볕을 만끽하느라 더 이상 그의 말버릇에 신경 쓰지 않았다. 발 아래로 모래가 뜨거워지기 시작했다. 나는 물에 들어가고 싶은 마음을 조금 더 참아보려다가 결국 마송에게 "들어갈까요?"라고 말하고는 물로 뛰어들었다. 마송은 천천히 들어가더니 발이 닿지 않을 때가 되어서야 몸을 던졌다. 그는 개구리헤엄을 쳤고 매우 서툴기도 해서 나는 그를 남겨두고 마리에게 갔다. 물이 차가웠고 헤엄을 치니 기분이 좋았다. 마리와 나는 멀리까지 헤엄쳐 갔고 우리는 같이 움직이면서 함께 만족감을 느꼈다.

우리는 먼 바다로 나가 몸을 물에 띄웠다. 하늘을 향해 있는 내 얼굴 위를 비추는 태양빛이 입술로 흘러드는 물기를 말려주었다. 마송이 햇볕을 쬐려고 해변으로 나가 눕는 게 보였다. 멀리서 보아도 그는 덩치가 컸다. 마리는 함께 헤엄치고 싶어했다. 나는 마리 뒤로 가서 그녀의 허리를 잡았고 발장구를 치며 그녀가 팔을 휘저어 앞으로 나아갈 수 있도록 도왔다. 고요한 아침에 작게 찰랑거리는 물소리가 계속되었고 나는 지쳐버렸다. 그래서 마리를 내버려둔 채, 능숙한 호흡과 일정한 동작으로 헤엄치며 돌아왔다. 바닷가로 나와 마송 옆에 엎드리고 모래 속에 얼굴을 묻었다. 내가 "참 좋네요"라고 하자 그도 그렇다고 했다. 잠시 후, 마리도 물에서 나왔다. 고개를 돌려 마리가 걸어오는 것을 바라보았다. 몸이 소금물에 젖어 끈적거려 보였고 머리카락은 뒤로 늘어뜨리고 있었다. 마리는 나와 나란히 누웠는데 그녀의 체온과 태양의 열기 때문에 까무룩 잠이 들었다.

마리가 나를 흔들어 깨웠다. 마송은 집으로 돌아갔고 점심을 먹어야 할 시간이라는 것이었다. 나는 배가 고프던 참이었기 때문에 얼른 일어났다. 그런데 마리는 내가 아침부터 한 번도 키스를 해주지 않았다고 말했다. 사실이기도 했고 나도 하고 싶었다.

"물속으로 들어가자."

마리가 말했다. 우리는 달려가 바로 잔잔한 파도 속으로 뛰어들었다. 몇 번 팔을 저어 헤엄쳐 간 뒤 마리가 나에게 달라붙었다. 그녀의 다리가 내 다리를 휘감는 것이 느껴졌고 나는 그녀에게서 정욕을 느꼈다.

우리 둘이 다시 돌아오는데 마송은 벌써부터 우리를 부르고 있었다. 내가 너무 배고프다고 하니 마송은 뜬금없이 그의 아내에게 내가 마음에 든다고 말했다. 빵은 맛있었다. 내 몫으로 담긴 생선도 허겁지겁 먹었다. 뒤이어 고기와 감자튀김이 나왔다. 모두들 말도 없이 식사를 했다. 마송은 와인을 계속 들이켰고 나에게도 자꾸 따라주었다. 커피가 나왔을 때 나는 머리가 무거웠고 담배를 많이 피웠다. 마송과 레몽 그리고 나, 우리 셋은 8월에 함께 비용을 부담해 해변에서 함께 지내는 것에 대해 이야기를 나누었다. 마리가 갑자기 말했다.

"지금 몇 시인지 아세요? 열한 시 반이에요."

우리는 모두 놀랐지만 마송은 매우 일찍 식사를 했지만 배고플 때가 결국 식사 시간이니까 별로 이상할 것은 없다고 말했다. 이유는 잘 모르겠지만 마리가 웃음을 터뜨렸다. 와인을 너무 마신 탓인 것 같았다. 마송이 나에게 함께 바닷가로 나가 산책하지 않겠느냐고 물었다.

"아내는 점심을 먹고 나면 항상 낮잠을 자요. 저는 그게 싫더라고요. 나는 걸어야 해요. 아내에게 건강에는 걷는 게 좋다고 늘 이야기하죠. 그래도 결국에는 자기가 선택하는 거니까요."

마리는 마송의 아내가 설거지하는 것을 돕겠다며 산책을 가지 않겠다고 했다. 그러자 마송의 아내는 설거지를 하려면 남자들은 밖으로 나가주어야 한다고 말했다. 우리 남자 셋은 해변으로 내려갔다.

햇볕이 거의 수직으로 모래사장 위로 내리쬐고 있었고, 바다 위로 반사된 빛은 너무 강렬해서 견딜 수 없을 정도였다. 바닷가에는 아무도 없었다. 고원의 가장자리를 두르며 바다를 내려다보고 있는 작은 별장들에서 접시와 식기들이 달그락거리는 소리가 들려왔다. 땅에 깔려 있는 돌들에게서 느껴지는 열기가 너무 뜨거워서 숨을 쉬기조차 힘들었다. 레몽과 마송은 내가 모르는 일과 사람들에 대해 이야기했다. 그 둘은 알고 지내온 지가 오래되었고, 한때는 같이 산 적도 있었다는 사실을 알게 되었다. 우리는 바다 쪽으로 가 물을 따라 걸었다. 잔잔한 파도가 가끔은 길게 밀려 들어와 신발의 천을 적셨다. 머리 위로 바로 비추고 있는 햇볕 때문에 나는 거의 졸다시피 했기 때문에 무슨 생각을 할 겨를도 없었다.

그 순간, 레몽이 마송에게 무엇인가를 이야기했는데 나는 알아듣지 못했다. 그런데 바로 그때 바닷가 저 멀리에서 파란색 작업복을 입은 두 아랍인이 우리 쪽으로 다가오고 있는 모습이 보였다. 내가 레몽을 쳐다보자 그가 말했다.

"그놈이야."

우리는 계속 걸어갔다. 마송은 그들이 어떻게 여기까지 따라올 수 있었을까 물었다. 아마 우리가 비치용 가방을 들고 가는 모습을 본 것이라고 생각했지만 아무 말도 하지 않았다.

아랍인들의 걸음은 느렸지만 이미 많이 다가와 있었다. 우리는 걷는 속도를 유지했다. 레몽이 말했다.

"만약 싸움을 하게 되면, 마송 네가 두 번째 놈을 맡아. 저 놈은 내가 맡을 테니. 혹시 또 다른 놈이 나타나면, 뫼르소 네가 맡고."

나는 "알았어"라고 대답했다. 마송은 두 손을 주머니에 넣었다. 뜨겁게 달아오른 모래가 이제는 빨갛게 보이는 것 같았다. 우리는 일정한 보폭으로 걸으며 아랍인들에게 다가갔다. 우리와 그들 사이의 거리는 꾸준히 좁혀졌다. 몇 걸음 남지 않았을 때 아랍인들이 멈춰 섰다. 마송과 나는 걸음을 늦추었다. 레몽은 바로 그가 맡겠다던 놈을 향해 다가갔다. 그리고 무슨 말인지 제대로 듣지는 못했지만 그 아랍인이 머리를 들이박는 시늉을 했다. 그러자 레몽이 먼저 한 대 치더니 마송을 불렀다. 마송은 담당하기로 했던 놈에게로 가, 있는 힘껏 두 대를 후려쳤다. 그 아랍인은 물속에 얼굴을 처박으며 나자빠져 버렸다. 그는 얼마 동안 계속 그대로 있었는데, 머리 주위로 물거품이 올라오다가 사라졌다. 그런데 그새 또 레몽이 한 대 더 때렸고 아랍인의 얼굴은 피투성이가 되었다. 레몽이 나를 돌아보며 말했다.

"이놈 꼴이 어떤지 한번 봐봐."

순간, 내가 소리쳤다.

"조심해, 칼이 있어!"

하지만 레몽은 이미 팔이 찔리고 입도 찢기고 말았다.

마송이 펄쩍 뛰며 앞으로 다가갔다. 그러나 다른 놈이 일어나 칼을 가지고 있는 놈 뒤로 섰다. 우리는 차마 움직일 엄두를 내지 못했다. 그들은 우리를 계속 주시하면서 위협적으로 칼을 휘두르는 동시에 천천히 뒷걸음질 쳤다. 그리고 꽤 거리가 벌어졌을 때쯤 부리나케 도망가버렸다. 그러는 동안 우리는 뜨거운 태양 아래에서 꼼짝도 하지 못한 채 서 있었고, 레몽은 피가 뚝뚝 떨어지는 팔을 움켜쥐고 있었다.

아랍인들이 사라지자마자 마송은 고원 별장들 중 한 곳에 일요일마다 와서 쉬는 의사가 있다고 했다. 레몽은 어서 그곳으로 가보자고 했다. 그런데 레몽이 말을 할 때마다 상처에서 피가 흘러나와 거품이 일었다. 우리는 레몽을 부축해 서둘러 별장으로 돌아왔다. 레몽은 상처가 그리 심각하지 않으니 의사 별장까지 걸어갈 수 있다고 했다. 레몽은 마송과 별장을 나섰고 나는 조금 전에 있었던 일에 대해 여자들에게 설명해주었다. 마송의 아내는 울었고 마리는 새하얗게 질려버렸다. 나는 길게 이야기하는 것도 지겹고 해서 결국 그만두고 바다를 바라보며 담배를 피웠다.

한 시 반쯤, 레몽과 마송이 돌아왔다. 레몽의 팔에는 붕대가 감겨 있었고 입에는 반창고가 붙어 있었다. 의사는 괜찮을 거라고 했다는데, 레몽의 안색은 무척 어두웠다. 마송이 레몽을 웃기려고 해보았지만 그는 여전히 말이 없었다. 레몽이 해변으로 내려간다고 해서 어디로 가느냐고 물었다. 그는 바람을 쐬고 싶다고 했다. 마송과 내가 따라가겠다고 하자 그가 화를 내며 우리에게 욕을 했다. 마송은 레몽을 더 이상 건드리면 안 된다고 했다. 그럼에도 나는 레몽을 따라갔다.

우리는 오랫동안 바닷가를 걸었다. 태양은 마치 우리를 짓누르듯 내리쬐고 있었다. 햇빛이 모래와 바다 위로 부서지고 있었다. 레몽이 자기가 어디로 가는지 알고 있는 줄 알았는데 아마도 잘못된 생각이었던 것 같다. 해변 끝에 이르자, 우리는 큰 바위 뒤에서 모래사장으로 흐르는 작은 샘에 다다랐다. 거기에서 우리는 아까 그 아랍인 둘과 마주쳤다. 그들은 기름이 묻은 작업복을 입은 채 누워 있었다. 그들은 정말 평온해 보였고 심지어 기분이 좋아 보이기까지 했다. 우리의 등장에도 전혀 동요하지 않았다. 레몽을 찔렀던 놈이 말없이 레몽을 쳐다보았다. 다른 놈은 작은 갈대로 피리를 불고 있었는데, 우리를 곁눈질하면서 그 피리로 낼 수 있는 세 가지의 음을 계속 불어댔다.

그러는 동안, 그곳에는 샘물이 흐르는 소리와 세 음계 피리 소리 그리고 햇빛과 침묵 외에는 아무것도 없었다. 그런데 갑자기 레몽이 주머니에 손을 넣고 권총을 잡았다. 상대는 꼼짝도 하지 않은 채 서로를 쳐다보고 있었다. 피리를 부는 놈의 발가락들이 죄다 벌어져 있는 게 보였다. 그런데 레몽이 상대에게 눈길을 거두지 않고서 나에게 물었다.

"죽여버릴까?"

혹시 그러지 말라고 하면 레몽이 분에 못 이겨 방아쇠를 당길 것만 같았다. 그래서 "저놈이 아무런 말도 안 했는데 이렇게 쏴버리면 비겁하잖아"라고 말했다. 또다시 침묵과 열기 속에서 물소리와 피리 소리만 들려왔다.

"그럼 내가 먼저 저놈에게 욕을 해야겠어. 놈이 대꾸를 하면 그때 쏴버리는 거야."

레몽이 말했다.

"그래. 그런데 저 놈이 칼을 뽑지 않으면 너도 쏠 수 없어."

레몽은 조금 열이 오르기 시작했다. 두 놈은 레몽의 움직임을 살피고 있었고 피리 소리는 계속되고 있었다.

"아니야, 사나이라면 일대일로 맞서야 해. 총은 이리 줘. 혹시 다른 놈이 끼어들려고 하거나 칼을 뽑으면, 내가 쏴버릴게."

레몽이 나에게 권총을 넘기려는데 총 위로 햇빛이 미끄러지듯 반짝거렸다. 우리는 주위 모든 것이 우리를 가두고 있는 것처럼 꼼짝도 하지 않고 가만히 있었다. 우리는 눈을 피하지도 않은 채 서로 노려보고 있었고, 바다와 모래 그리고 태양 사이에서 피리 소리, 물소리만 들리는 가운데 이곳의 모든 것은 중지 상태였다. 그 순간 나는 총을 쏠 수도, 쏘지 않을 수도 있겠다고 생각했다. 그런데 갑자기 아랍인들이 뒷걸음질 치며 바위 뒤로 도망가버렸다. 그래서 레몽과 나는 우리가 왔던 길로 다시 돌아왔다. 레몽은 기분이 좋아진 것 같았고 집으로 돌아갈 때 탈 버스에 대해 이야기했다.

나는 레몽과 함께 별장까지 갔다. 레몽이 나무 계단을 올라가는 동안 나는 첫 계단 앞에 서 있었다. 햇볕 때문에 머리가 울리는 것처럼 어지러웠고, 이 계단을 올라가 또다시 여자들과 말을 섞어야 한다고 생각하니 힘이 빠졌기 때문이었다. 그런데 얼마나 더웠던지 눈부시게 내리쬐는 햇빛 아래에서 가만히 서 있는 것마저도 곤욕스러운 일이었다. 계속 첫 번째 계단에 서 있거나 별장으로 올라가거나 별로 다를 게 없었다. 잠시 후, 나는 바닷가 쪽으로 다시 돌아가 걷기 시작했다.

해변은 여전히 붉게 달아올라 있었다. 모래사장 위로 바다의 잔물결들이 가쁜 숨을 헐떡이며 몰아쉬었다. 바위 쪽으로 천천히 걸어가다 보니 뜨거운 태양 때문에 이마가 부풀어 오르는 것 같았다. 이곳의 모든 열기가 나를 내리눌러 나의 걸음을 방해했다. 얼굴 위로 무더운 바람이 느껴질 때마다 나는 이를 악물고 바지주머니 속에서 주먹을 움켜쥐면서, 태양과 태양이 뿜어내는 나로서는 도저히 이해할 수 없는 취기에 맞서 온힘을 다해 버티었다. 모래나 하얀 조개

껍데기, 유리 조각에서 빛이 칼날처럼 반짝일 때마다 턱에서 경련이 일고는 했다. 나는 오랫동안 걸었다.

저 멀리, 태양빛과 바다의 먼지 같은 수증기들이 만들어낸 눈부신 광채에 둘러싸여 있는 거무스레한 바위 덩어리가 조그맣게 보였다. 바위 뒤에 있던 시원한 샘물이 생각났다. 나는 속삭이듯 흐르던 샘물 소리를 다시 듣고 싶었고, 태양을 피하고 싶었으며, 뜨거운 태양 아래에서의 고생과 여자의 울음소리에서도 벗어나고 싶었다. 그런데 조금 더 가까이 다가서는데 레몽과 싸웠던 그놈이 다시 돌아와 있는 것을 보았다.

그는 혼자였다. 몸통은 햇볕에 그대로 두고 얼굴만 바위 그늘 안으로 넣은 채, 두 손을 목 뒤로 괴고 누워 있었다. 열기 때문에 파란 작업복에서 김이 올라왔다. 나로서는 조금 놀라운 상황이었다. 사건은 이미 끝났고, 생각하지도 못한 채 그곳으로 다시 간 것이었기 때문이다.

그는 나를 발견하자 몸을 조금 일으켰고 주머니에 손을 넣었다. 나도 자연스레 웃옷에 들어 있던 레몽의 권총을 움켜쥐었다. 그는 다시 몸을 누였지만 손은 계속 주머니에 넣고 있었다. 나와 그는 십 미터 정도로 꽤 멀리 떨어져 있었다. 그가 가끔씩 반쯤 감은 눈꺼풀 사이로 내 쪽으로 눈길을 돌리는 게 느껴졌다. 그러나 대개는 그의 모습이 타오르는 대기 속에서 눈앞에 아른거렸다. 파도 소리가 정오 때보다 느리고 길어졌다. 태양은 여전했고 여기에도 햇빛이 계속 드리우고 있었다. 날이 저물 기미도 보이지 않고 들끓는 용광로 속에 닻을 내린 지도 벌써 두 시간째였다. 수평선 위로 조그만 증기선이 지나갔다. 나는 계속 아랍인을 주시하고 있었는데, 눈 가장자리로 보이는 검은 얼룩이 증기선이라는 것을 짐작으로 알 수 있었다.

　내가 뒤로 돌기만 하면 그것으로 끝날 수 있었을 것이다. 하지만 햇볕에 요동치는 해변 전체가 내 뒤에서 밀려들고 있었다. 나는 샘 쪽으로 몇 걸음을 뗐다. 아랍인은 움직이지 않았다. 그래도 그와의 거리는 아직도 꽤 멀었다. 그의 얼굴 위로 드리워진 그늘 때문인지 그는 웃고 있는 것처럼 보였다. 나는 기다렸다. 뜨거운 태양열에 볼이 타들어가는 것 같았고 땀방울이 흘러내려 눈썹 위로 맺히는 게 느껴졌다. 엄마의 장례를 치르던 그날의 태양과 같았다. 특히 그때처럼 머리가 아팠고 모든 혈관들이 피부 밑에서 동시에 고동쳤다. 햇볕이 너무 뜨거워서 결국 참지 못하고 앞으로 한 걸음 나갔다. 그렇게 하는 게 바보 같은 짓이고, 그렇게 한 발짝 떼본다 한들 태양을 피할 수 없다는 것을 알고 있었다. 하지만 나는 한 발을, 딱 한 걸음을 뗐다. 그런데 이번에는 아랍인이 몸을 일으키지도 않은 채 칼을 꺼내 태양에 비추더니 나를 겨누었다. 빛이 칼날 위로 반사되자 마치 기다란 날이 번쩍이며 내 이마를 찌르는 것 같았다. 그 순간 눈썹에 고여

있던 땀이 한꺼번에 눈꺼풀 위로 흘러내렸고 내 눈은 미지
근하고 두툼한 막으로 뒤덮이고 말았다. 눈물과 소금의 장
막 때문에 앞이 보이지 않았다. 이제는 이마 위로 울려대는
태양의 심벌즈 소리와 내 맞은편에서 칼이 분출하고 있는
반짝임만 희미하게 느낄 뿐이었다. 그 불타는 검이 나의 속
눈썹을 물어뜯었고 고통스러운 눈을 후벼 팠다. 바로 그때,
모든 것이 비틀거렸다. 바다는 짙고 뜨거운 바람을 몰고 왔
다. 하늘이 활짝 열리고 불이 비 오듯 쏟아지는 것 같았다.
내 몸 전체가 긴장했고 나는 권총을 움켜잡았다. 방아쇠가
당겨졌다. 나는 권총 손잡이의 반들반들한 배를 만졌다. 단
호하고 귀를 멍하게 하는 소음으로부터 모든 것이 시작되
었다. 나는 땀과 태양을 털어내었다. 한낮의 균형과 행복을
느꼈던 해변의 이례적인 침묵을 내가 깨뜨렸다는 것을 깨
달았다. 그때 나는 움직임이 없는 몸뚱이 위로 네 방을 다시
쏘았다. 총탄은 깊이 박혀 보이지도 않았다. 이것은 마치 불
행의 문을 두드리는 네 번의 짤막한 노크 소리와도 같았다.

제2부

1장

나는 체포된 후 여러 번 심문을 받았다. 그런데 단지 신원을 확인하기 위한 것이어서 시간이 오래 걸리지는 않았다. 처음에 경찰서에서는 아무도 내 사건에 관심이 없는 것 같았다. 그런데 일주일 뒤, 예심 판사가 호기심 어린 눈으로 나를 바라보았다. 하지만 그도 처음에는 그저 나의 이름과 주소, 직업, 생년월일, 출생지만 물어볼 뿐이었다. 그리고 내가 변호사를 선임했는지도 알고 싶어했다. 나는 그러지 않았다고 답한 뒤, 꼭 선임해야 하는지 물었다.

"왜 그러죠?"

판사가 물었다.

나는 나의 사건은 아주 간단한 것으로 생각된다고 대답했다. 판사는 웃으면서 이렇게 말했다.

"그렇게 생각할 수 있죠. 하지만 법이라는 게 있으니까요. 만약 직접 변호사를 선임하지 않는다면 우리가 국선변호사를 지정하게 될 거예요."

사법 기관이 이렇게 소소한 부분까지 담당해준다니 참 편리하다는 생각이 들었다. 판사에게 이런 생각을 이야기했더니 그 역시 동의한다면서 법이 참 잘 갖추어져 있다고 했다.

원래 나는 그 판사가 믿음이 가지 않았다. 커튼이 내려져 있는 방에서 그가 나를 맞아주었다. 그의 책상 위에는 전등이 하나 있었는데 그가 나에게 앉으라고 했던 안락의자를 비추고 있었다. 그런데 정작 판사는 어둠 속에 앉아 있었다. 이런 장면을 책에서 본 적이 있어서 이 모든 일들이 장난처럼 느껴졌다. 대화가 끝난 후 나는 그를 살펴보았다. 오밀조밀한 얼굴에 파란 눈은 푹 들어가 있었고 키가 컸으며, 회색 수염을 기르고 거의 백발에 가까운 머리카락은 숱이 많았다. 그는 매우 이성적인 것 같았고, 입을 씰룩거리는 신경질적인 버릇이 보이기는 했지만 어쨌든 호감이 가는 사람인 것 같았다. 방을 나오면서 그에게 손을 내밀 뻔했지만 순간 내가 사람을 죽였다는 사실이 떠올랐다.

다음 날, 변호사가 형무소로 나를 찾아왔다. 그는 작은 키에 뚱뚱하고 꽤 젊은 남자였는데 정성스레 빗어 넘긴 머리 스타일을 하고 있었다. 날이 더웠는데도(나는 셔츠 바람이었

다) 그는 어두운 색의 양복을 입고 있었다. 옷깃은 끝이 접혀 있었고 검은색과 하얀색 줄무늬의 이상한 넥타이를 매고 있었다. 그는 겨드랑이에 끼고 있던 서류가방을 내 침대 위에 올려놓고는 자기소개를 했고 내 서류를 검토해보았다고 했다. 까다로운 사건이지만 내가 그를 믿고 따라와 준다면 재판에서 이길 수 있다고 했다. 그에게 감사 인사를 전하자 그가 말했다.

"본론으로 들어가 보죠."

그는 내 침대에 앉았다. 그리고 내 사생활에 대한 정보를 모았다고 했다. 엄마가 최근에 요양원에서 사망했다는 사실을 알게 되어 마렝고로 가서 조사를 했는데, 내가 엄마의 장례식에서 '무관심한 모습을 보였다'는 사실을 예심 판사들이 알게 되었다고 했다.

"이런 질문을 하면 조금 불편하실 수 있겠지만 아주 중요한 문제이니 이해하시리라 생각합니다. 만약 마땅한 답을 찾지 못한다면 검사 측이 큰 논란거리로 삼을 거예요."

그는 내가 자신을 도와주기를 바랐다. 나에게 그날 마음이 아팠는지 물었다. 이 질문에 나는 무척 놀랐다. 나 같으면 이런 걸 묻기가 정말 거북했을 것이다. 나는 대체로 자문해보지 않기 때문에 그때 내가 어떤 상태였는지 설명하기가 어렵다고 대답했다. 당연히 나는 엄마를 사랑했다. 하지만 이런 사실은 아무 의미가 없었다. 건전한 사람들이라면 누구나 그들이 사랑하는 사람들의 죽음을 다소간 바랐던 경험이 있는 법이다. 이때 변호사가 내 말을 자르고 끼어들었는데 매우 흥분한 것 같았다. 그런 말은 법정에서는 물론이거니와 예심 판사 앞에서도 절대로 하지 않겠다고 약속하라고 했다. 그러나 나는 천성적으로 육체적인 욕구가 감정을 억누르는 편이라고 설명했다. 엄마 장례식이 있던 날, 나는 너무 피곤했고 졸리기도 했다. 그래서 그날 무슨 일이 있었는지 잘 기억이 나지를 않았다. 내가 확실하게 말할 수 있는 것은 엄마가 죽지 않았으면 좋았을 거라는 사실이었다. 변호사는 탐탁지 않은 모양이었다.

"그 정도로는 안 돼요."

그가 말했다.

그는 고민에 빠졌다. 잠시 후 그가, 그날 내가 당연한 감정을 억눌렀던 거라고 말할 수 있겠느냐고 물었다.

"아니요, 그건 사실이 아니에요."

내가 대답했다.

그는 내게 거부감을 느낀 듯 이상한 눈빛으로 쳐다보았다. 그리고 차가운 말투로, 요양원 원장과 직원들이 증인으로 심문을 받을 것이며 '그렇게 되면 일을 아주 망쳐버릴 수 있다'고 말했다. 내가 그런 이야기는 이번 사건과 관련이 없다고 지적했지만 그는 내가 사법부와 엮여본 적이 한 번도 없다는 사실을 아주 잘 알게 되었다고만 할 뿐이었다.

변호사는 화가 나서 나가버렸다. 나는 그를 붙들고 싶었고 그의 호감을 얻고 싶었다고 말하고 싶었다. 더 좋은 변호를 받기 위해서가 아니라 자연스럽게 그런 생각을 하게 되었다고 말하고 싶었다. 하지만 그를 불편하게 만들어버렸다는 것을 알 수 있었다. 그는 나를 이해는커녕 원망하고 있었다. 나는 그에게 내가 다른 사람들과 다를 게 없으며, 그들과 완벽히 똑같은 사람일 뿐이라는 것을 똑똑히 말해주고 싶었다. 그러나 너무 번거롭기도 하고 귀찮아서 그만두었다.

얼마 뒤, 나는 또다시 예심 판사 앞에 섰다. 오후 두 시였고 이번에는 사무실이 얇은 커튼 사이로 들이치는 햇빛으로 가득 차 있었다. 정말 더웠다. 판사는 나에게 앉으라고 한 다음, 아주 정중하게 나의 변호인이 '갑자기 일이 생겨서' 올 수 없다고 했다. 하지만 그의 질문에 대답하지 않고 변호사가 나를 도울 수 있을 때를 기다릴 권리가 있다고도 일러주었다. 나는 혼자서도 대답할 수 있다고 말했다. 그는 책상 위의 버튼을 손가락으로 눌렀다. 젊은 서기가 들어와 바로 내 등 뒤에 자리를 잡고 앉았다.

우리는 둘 다 안락의자에 편안하게 앉아 있었다. 심문이 시작되었다. 판사는 먼저 사람들이 말하기를 내가 말수가 적고 속마음을 밖으로 잘 드러내지 않는다는데, 이런 말들을 어떻게 생각하느냐고 물었다.

"할 말이 없어서 그런 걸요. 그래서 말을 안 하는 겁니다."

내가 대답했다.

판사가 처음 만났을 때처럼 미소를 지으며 그보다 더 합당한 이유는 없겠다고 말했다. 그러고는 이렇게 덧붙였다.

"사실 그건 별로 중요치 않죠."

그러고는 잠시 잠자코 있더니 나를 바라보면서 갑자기 매우 빨라진 말투로 말했다.

"내가 알고 싶은 건 바로 당신이에요."

나는 그가 무슨 말을 하는 건지 이해할 수가 없어서 아무런 대꾸도 하지 않았다. 그러자 그가 덧붙였다.

"당신의 행동들 중에 이해할 수 없는 것들이 있어요. 내가 그 부분들을 잘 이해할 수 있도록 도와줄 거라 믿어요."

나는 모든 것이 매우 간단했다고 말했다. 판사는 그날의 사건에 대해 말해보라고 재촉했다. 나는 레몽, 해변, 해수욕, 싸움, 다시 해변, 작은 샘, 태양, 다섯 번의 권총 발사. 이미 이야기했던 내용을 또다시 반복했다. 내가 말을 할 때마다 그는 "네, 그래요"라고 말했다. 쓰러진 시체에 대한 부분에 이르자 그는 "좋아요"라고 대꾸했다. 나는 이런 식으로 같은 이야기를 자꾸 반복하는 게 지겨웠다. 그렇게 말을 많이 해본 건 아마도 생전 처음이었던 것 같았다.

잠시 말이 없던 그가 자리에서 일어나더니, 나를 도와주고 싶다고 했다. 그리고 나에게 관심이 많이 간다면서 그가 나를 위해 무엇인가를 할 수 있도록 하느님이 도울 거라고 했다. 하지만 그전에 몇 가지 질문을 더 하고 싶다면서, 느 닷없이 나에게 엄마를 사랑했느냐고 물었다.

"네, 다른 사람들도 다 그렇잖아요."

그런데 그때까지 일정한 속도로 타이핑을 하던 서기가 자판을 잘못 누른 모양이었다. 그는 무척 당황하면서 다시 고쳐 쳐야 했다. 판사는 이번에도 앞뒤 논리 없이 총을 쏠 때 연달아 다섯 번을 쏘았는지 물었다. 나는 잠시 생각해본 뒤, 먼저 한 방을 쏘았고 그리고 조금 뒤 나머지 네 방을 쏘 았다고 했다.

"그런데 첫 방을 쏘고 나서는 왜 뜸을 들인 거죠?"

그가 물었다.

나는 다시 한번 붉은 해변이 떠올랐고 이마 위로 느껴지 던 태양의 뜨거운 열기가 느껴졌다. 하지만 이번에는 대답 하지 않았다. 침묵이 계속되는 동안 판사는 흥분한 것 같았 다. 의자에 앉아 머리카락을 헝클이고는, 책상 위로 팔꿈치 를 괴면서 내 쪽으로 몸을 굽힌 채 묘한 표정을 지었다.

"왜 이미 쓰러진 사람을 또 쏜 겁니까? 왜요?"

나는 이 질문에도 대답하지 않았다. 판사는 이마에 손을 올렸고, 조금 더 격양된 목소리로 또다시 질문을 반복했다.

"왜죠? 대답을 하셔야 해요. 왜 그랬어요?"

판사가 갑자기 일어나 사무실 구석으로 성큼성큼 걸어가 더니 서류정리함 서랍을 열었다. 거기에서 은 십자가를 꺼내 흔들어대며 나에게로 다시 왔다. 조금 전과는 전혀 다른, 떨리기까지 한 목소리로 소리쳤다.

"이것을, 이분을 아세요?"

"당연히, 알죠."

그러자 판사는 흥분해서 매우 빠르게 자신의 신념에 대해 말하기 시작했다. 그는 하느님을 믿는 사람이며, 하느님 앞에서는 용서받지 못할 죄인이 없지만 일단 용서를 받고자 하는 사람이라면 먼저 뉘우치는 마음을 가지고 어린아이처럼 영혼을 비워 모든 것을 받아들일 준비를 해야 한다는 것이었다. 그는 온몸을 탁자 위로 숙이고는 내 위에 대고 십자가를 흔들었다. 솔직히 말해 그의 논리를 따라갈 수 없었다. 일단 덥기도 했고 사무실 안을 날아다니는 커다란 파리들이 내 얼굴에 달라붙었으며 그가 나를 대하는 태도가 무서웠기 때문이다. 그의 그런 모습이 웃겨 보이기도 했다. 왜냐하면 결국 죄를 지은 사람은 나였기 때문이다. 하지만 그는 계속했다. 내가 대충 이해한 바로는, 그가 이해할 수 없는 것은 딱 한 가지, 바로 내가 두 번째로 총을 쏘기까지 뜸을 들였다는 것이었다. 그 부분 외에는 다 이해할 수 있다는 이야기였다.

나는 그에게 그렇게 고집을 부리는 것은 잘못이라고 말하려 했다. 그 부분은 그렇게 중요한 게 아니라고 말하고 싶었던 것이다. 하지만 내가 말할 틈도 없이 그가 또다시 일어서더니 나에게 하느님을 믿느냐고 따지듯 물었다. 나는 믿지 않는다고 대답했다. 그는 분개하며 다시 자리에 앉았고, 나에게 그럴 수는 없는 일이라면서 혹시 하느님의 얼굴을 외면할 수는 있겠지만 그래도 하느님을 안 믿을 수는 없다고 했다. 이것이 바로 그의 신념이며, 이 사실을 의심하게 된다면 자신의 삶은 의미가 없을 것이라고 했다.

"내 삶이 무의미해지기를 바라시는 거예요?"

그가 소리쳤다.

내 생각에는 그건 나와 상관없는 일이었고 그에게도 그렇게 말했다. 그러나 그가 탁자 위로 손을 뻗으면서 십자가를 내 눈앞으로 들이밀고는 이성을 잃은 사람처럼 소리를 질러댔다.

"내가 말이야, 크리스천이라고! 내가 그분께 네 죄를 용서해달라고 하고 있다고! 그분이 너를 위해 고통을 당하셨다는 걸 어째서 믿지 못하겠다는 거지?"

갑자기 그가 나에게 반말을 하고 있었다. 하지만 나는 이제 질려버렸고 점점 더 더워졌다. 나는 이야기를 들어주기가 곤욕스러운 사람에게서 벗어나고 싶을 때 늘 그랬던 것처럼 그의 말에 수긍하는 척했다. 놀랍게도 그는 승리를 거두었다는 듯이 말했다.

"그렇지, 그것 봐, 너도 믿잖아. 이제는 하느님께 너를 맡길 수 있겠지?"

물론 나는 다시 한번, 아니라고 말을 했다. 판사 역시 또한번 안락의자에 털썩 주저앉고 말았다.

그는 무척 피곤한 것 같았다. 그가 말이 없는데도 서기는 우리의 대화를 뒤늦게 따라오느라 마지막 문장을 타이핑하고 있었다. 판사가 약간 슬픈 표정으로 나를 가만히 쳐다보았다.

"당신처럼 고집이 센 사람은 본 적이 없어. 내가 만났던 죄인들은 모두 이 고통의 형상을 보고는 울음을 터뜨렸거든."

나는 그의 말에, 그들은 죄인이라서 그랬던 거라고 말하려고 했다. 하지만 순간 나 역시도 죄인이라는 사실이 떠올랐다. 스스로도 믿을 수 없는 일이었다. 그때 판사가 자리에서 일어났다. 심문이 끝났다는 신호 같았다. 그는 다소 지친 기색으로 나에게 그렇게 행동한 것을 후회하는지만 물었다. 나는 잠시 생각해본 뒤, 후회한다기보다 골치 아픈 일이 생긴 기분이라고 했다. 그는 나의 말을 이해하지 못하는 것 같았다. 그날 심문은 그렇게 끝을 맺었다.

그후에도 나는 예심 판사를 계속 만났다. 하지만 이제 변호사와 함께였다. 진술은 이전에 이야기했던 내용의 일부를 조금 더 구체적으로 말하는 정도였다. 그 외에는 판사와 변호사가 증언에 대한 토론을 했지만 정작 나에게는 전혀 신경 쓰지 않았다. 어쨌든 판사는 시간이 갈수록 나를 향한 말투가 달라졌다. 나에게 관심이 없는 것 같았고, 어떻게 보면 내 사건을 마감한 것 같기도 했다. 이제 더 이상 하느님에 대해 이야기하지 않았고 첫날처럼 열을 올리지도 않았다. 그 결과 우리의 만남은 예전보다 분위기가 좋아졌다. 몇 가지 질문을 한 뒤 변호사와 대화를 하고 나면 심문은 끝이 났다. 판사의 표현에 따르자면, 내 사건은 순조롭게 진행되고 있었다. 가끔 일상 대화를 나누게 되면 나도 한몫 거들고는 했다. 그러면 한숨 돌릴 만했다. 그때는 아무도 나에게 못되게 굴지 않았기 때문이다. 모든 것이 너무 자연스러웠고 예상이 가능한 순서대로 진행되었으며 과장되는 게 없어서 나는 '가족들과 있는 것 같다'는 얼토당토않은 생각까지 하게 되었다. 그렇게 십일 개월에 걸쳐 예심을 치르고 나서는, 이따금 판사가 문 앞까지 나를 배웅하면서 내 어깨를 토닥이며 "오늘은 이것으로 끝났습니다, 반 크리스천 양반" 하고 말하는 순간을 즐기는 나를 발견하고 새삼 놀라기도 했다. 그의 사무실을 나오고 나면 나는 다시 경관에게 맡겨졌다.

2장

결단코 말하고 싶지 않은 일들도 있다. 형무소로 간 지 며칠이 지나고, 나는 평생 동안 이 시기에 대해 말하고 싶지 않으리라는 것을 깨달았다.

얼마 뒤, 이런 반감은 그리 중요한 게 아니라는 생각이 들었다. 사실 처음에 나는 형무소에 마음을 두지 않았다. 막연하게 무슨 새로운 사건을 기다리고 있었던 것이다. 모든 것이 시작된 것은 마리가 처음이자 마지막으로 면회를 온 다음부터였다. 마리의 편지를 받았던 날부터(마리는 아내가 아니었기 때문에 더 이상의 면회가 허용되지 않는다고 말했다), 바로 그날부터 감옥이 내 집이며 나의 삶은 이곳에서 결정된다는 사실을 느꼈다. 내가 체포되던 날, 먼저 유치장에 들어와 있던 수감자들은 대부분 아랍인이었다. 그들이 나를 보며 웃었다. 그러고는 나에게 무슨 짓을 했느냐고 물었다. 내가 아랍인 한 놈을 죽였다니까 일제히 조용해졌다. 그러나 잠시 후 저녁이 되었고 그들은 내가 잘 때 깔아야 하는 돗자리를 어떻게 펴는지 알려주었다. 한쪽 끝을 말면 베개로 벨 수 있었다. 밤새도록 빈대들이 내 얼굴 위로 기어 다녔다. 며칠 뒤, 나는 독방에 격리되었고 나무로 된 판자침대에서 자게 되었다. 방에는 변기로 쓸 통과 양철 대야가 있었다. 형무소는 도시의 꼭대기에 있었는데 작은 창문으로 바다가 보였다. 철책에 매달려 빛을 향해 얼굴을 들이밀고 있던 어느 날, 교도관이 들어오더니 누가 면회를 왔다고 했다. 나는 마리일 거라고 생각했다. 정말 마리였다.

나는 면회실로 가기 위해 긴 복도를 통과했고, 계단을 지나 마지막으로 또 다른 복도를 따라갔다. 마침내 커다란 창으로 빛이 들어오는 아주 큰 방으로 들어섰다. 방은 철책이 세로로 두 개가 쳐져 있어서 세 칸으로 나누어져 있었다. 철책 사이에는 팔 미터에서 십 미터의 공간이 있어서 죄수와 면회자를 떨어뜨려 놓고 있었다. 내 앞에 줄무늬 원피스를 입고 그을린 얼굴을 한 마리가 보였다. 내가 있는 쪽에는 열 명 정도의 죄수들이 있었는데 대부분이 아랍인이었다. 마리는 이슬람교도들에게 둘러싸여 있었고, 두 명의 여성 면회자 사이에 껴 있었다. 한쪽에는 검은 옷을 입은 키가 작은 노인이 입을 꼭 다물고 있었고, 또 다른 쪽에는 모자를 쓰지 않은 뚱뚱한 여자가 온갖 몸짓을 해가며 큰소리로 떠들어대고 있었다. 철책 사이의 거리 때문에 면회자들과 죄수들은 이야기를 나누려면 목소리를 높여야만 했다. 방으로 들어가자, 아무것도 없는 넓은 벽 때문에 울리는 목소리들과 하늘로부터 쏟아져 내려오는 눈부신 햇빛 때문에 현기증 같은 증상을 느꼈다. 내가 있는 감방은 이곳보다 조용하고 어두웠다. 그래서 이런 환경에 적응이 되려면 시간이 조금 필요했다. 시간이 지나고 나니 환한 빛 속에 드러나 있는 얼굴들 하나하나가 눈에 들어왔다. 교도관은 두 철책 사이의 복도 끝에 앉아 있었다. 대부분의 아랍인 죄수들과 가족들은 서로 마주한 채 몸을 웅크리고 앉아 있었다. 그들은 소리를 지르지 않았다. 그렇게 시끄러운 가운데에서도 나지막한 목소리로 대화를 나누고 있었다. 아래쪽에서 들려오는 작은 속삭임들은 그들 머리 위로 오고가는 대화 소리에 저음부가 되어 화음을 만들어내는 것 같았다. 마리를 향해 걸어가는 그 잠깐의 시간 동안 이 모든 게 파악된 것이다. 마리는 이미 철책에 달라붙어 있었는데 나를 보더니 애써 웃어주었다. 마리가 정말 아름답다는 생각이 들었지만 그녀에게 말하지는 않았다.

"어떻게 지내?"

마리가 큰 목소리로 물었다.

"그렇지 뭐."

"잘 지내지? 필요한 건 없어?"

"응, 없어."

그러고는 잠시 말이 없었지만 마리는 여전히 웃고 있었다. 뚱뚱한 여자는 내 옆의 남자를 향해 울부짖다시피 했는데, 눈매가 순수하고 키가 큰 금발의 이 남자가 아무래도 남편인 것 같았다. 그들의 대화는 계속되었다.

"잔은 그놈을 잡으려고 하지 않아요."

여자는 목이 터져라 소리를 질러댔다.

"그래, 그래."

남자가 말했다.

"당신이 나오면 잡을 거라고 말했지만 잔은 붙잡을 생각을 안 한다니까요."

이번에는 마리가 나에게 레몽이 안부를 전하더라면서 소리를 질렀다. 나는 "고마워"라고 했다. 그런데 마침 내 옆의 남자가 "그놈은 잘 지내?"라고 묻는 소리에 묻히고 말았다. 뚱뚱한 여자가 "그 어느 때보다 건강하게 잘 지내"라고 말하면서 웃었다. 내 왼쪽 남자는 가냘픈 손에 키가 작았는데, 아무 말이 없었다. 그는 자그마한 할머니와 마주하고 있었고 둘은 서로를 뚫어져라 바라보았다. 하지만 그들을 계속 관찰할 만한 여유가 없었다. 마리가 나에게 희망을 가져야 한다고 소리쳤기 때문이었다. 나는 "알았어"라고 대답했다. 그러면서 마리를 보니, 원피스를 입은 그녀의 어깨를 꼭 안아주고 싶었다. 원피스의 얇은 천을 만져보고 싶기도 했다. 그런데 그 외에 어떠한 희망을 품어야 하는지 정말 알 수 없었다. 마리가 아까부터 계속 웃고 있는 것도 이런 사실을 알고 있기 때문이 아닐까 싶었다. 지금 내 눈에 보이는 것은 그녀의 반짝이는 치아와 눈가의 잔주름뿐이었다. 마리가 다시 외쳤다.

"당신은 나올 수 있어. 그러면 우리 결혼하자!"

"정말 나갈 수 있을까?"

내가 이렇게 대꾸했던 건 그저 무슨 말이든 해야 했기 때문이었다. 그러자 마리는 재빠르게 목소리를 높여, 당연하다면서 내가 나가면 또 해수욕을 하러 가자고 했다. 그런데 옆의 여자가 서기과에 바구니를 맡겼다면서 고함을 질러댔다. 그녀는 그 바구니 안에 넣어둔 모든 것을 일일이 열거하고 있었다. 돈을 많이 쓴 것이니까 잘 확인해야 한다는 것이었다. 다른 쪽 죄수는 그의 어머니와 여전히 눈만 마주치고 있었다. 우리 아래쪽에서는 아랍인들의 웅성거리는 소리가 계속되고 있었다. 바깥의 햇빛이 창문을 통하면서 부풀어 오르는 것 같았다.

나는 몸이 좀 아픈 것 같은 느낌이 들어 밖으로 나가고 싶었다. 시끄러운 소리 때문에 힘들었다. 그런데 또 한편으로는 마리와 조금 더 함께 있고 싶었다. 시간이 얼마나 흘렀는지 모르겠다. 마리는 자기 일에 대해 이야기했고 계속 웃었다. 속삭임, 고함, 대화 소리들이 오고갔다. 내 옆에서 말없이 서로만 바라보는 키 작은 젊은 남자와 할머니만 유일하게 침묵의 섬을 이루고 있었다. 아랍인들이 한 명씩 한 명씩 끌려서 면회실을 나갔다. 첫 번째 사람이 나가자 거의 모든 사람이 순간 말이 없었다. 키 작은 할머니가 창살 가까이로 다가섰고, 그와 동시에 교도관이 그의 아들에게 나가야 한다는 신호를 보냈다. 아들이 "엄마, 잘 가"라고 말했고 할머니는 두 철책 사이로 손을 밀어 넣고 천천히 그리고 오래도록 손짓을 했다.

할머니가 면회실을 빠져나가는 사이 한 남자가 손에 모자를 들고 들어와 자리에 앉았다. 그러고는 죄수 한 명이 들어왔고 그들의 대화 분위기에는 활기가 있었다. 그런데 작은 목소리로 이야기를 했다. 면회실이 다시 조용해졌기 때문이다. 내 오른쪽에 있던 죄수가 나갈 순서가 되었는데 그의 아내는 더 이상 소리를 지르지 않아도 된다는 사실을 알아차리지 못한 탓인지 여전히 큰소리로 말했다.

"건강하고 항상 조심해야 해."

다음은 내 차례였다. 마리가 손으로 키스를 보냈다. 나는 면회실을 나서기 전에 뒤를 돌아보았다. 마리는 힘겹게 웃느라 경련이 나는 얼굴을 창살에 바싹 붙이고는 미동도 하지 않고 있었다.

마리가 나에게 편지를 보내온 것은 그로부터 얼마 뒤였

다. 내가 절대로 말하고 싶지 않은 일들이 시작된 것이 바로 이때부터였다. 어쨌든 그게 무엇이든 과장은 하지 말아야 한다. 나로서는 그리 어려운 일도 아니었다. 수감 초기에 가장 힘들었던 것은 내가 자유로운 사람으로서의 생각들을 여전히 간직하고 있다는 사실이었다. 예를 들어, 해변으로 가 바다로 뛰어들고 싶은 욕구가 치솟았다. 발바닥에 와닿는 잔물결 소리, 물속에 몸을 담그던 순간들, 그때 느꼈던 해방감, 이런 것들이 떠오를 때마다 감옥의 담벼락이 얼마나 갑갑하게 나를 둘러싸고 있는지 다시금 깨닫게 되었다. 이렇게 괴로운 시간은 몇 달 동안 지속되었다. 그 시기가 지나고 나니 이제 죄수다운 생각들뿐이었다. 안뜰에서 산책하는 시간이나 변호사가 방문하는 날을 기다리는 게 다였다. 나머지 시간도 그냥저냥 잘 보낼 수 있었다. 만약 내가 마른 나무둥치 속에 살게 되어서 머리 위로 조금 보이는 하늘만 바라보는 것 말고는 할 일이 없어지더라도, 어차피 적응하고 살게 되어 있다는 생각을 자주 했다. 새가 지나가기를 바라거나 구름을 볼 수 있기를 기다리며 지내게 될 터였다. 이 감옥에서 변호사의 넥타이를 보게 될 날을 기다리고, 바깥에서는 마리의 육체를 껴안기 위해 토요일을 기다렸듯이 말이다. 그런데 잘 생각해보니, 나는 마른 나무둥치 속에 있지 않았다. 나보다 더 불행한 사람들도 있었다. 이건 엄마의 생각이기도 했다. 엄마는 결국에는 그게 무엇이든 익숙해지기 마련이라는 말을 자주 했었다.

 그런데 나는 평범함과는 거리가 멀었다. 처음 몇 달은 너무 힘들었다. 하지만 스스로 애를 써보았더니 시간이 흘러갔다. 예를 들자면, 여자에 대한 정욕 때문에 정말 힘들었다. 이건 자연스러운 현상이었다. 나는 젊었으니까 말이다. 그렇다고 특별히 마리만 생각한 것은 아니다. 어느 여자, 여러 여자들, 내가 아는 모든 여자들, 내가 그녀들을 사랑했던 모든 상황들에 대해 너무 많이 생각하는 바람에 감방 안은 온통 그녀들의 얼굴들로 가득 찼고 내 정욕으로 채워졌다. 어떤 의미로는 나를 무너뜨리기도 했지만, 또 다른 의미로는 시간을 보낼 수 있도록 해준 셈이다. 나는 마침내 배식 시간이면 주방 보이와 함께 오던 교도관장의 호감을 얻게 되었다. 여자들에 대한 이야기를 꺼낸 것은 그였다. 다른 죄수들이 제일 먼저 토로하는 것도 그 문제라고 했다. 나는 나 역시 그렇다면서 이런 대우는 부당하다고 생각한다고 했다.

 "그런데 바로 그런 이유 때문에 당신들을 감옥에 가두는 거예요."

 "네? 그런 이유로요?"

 "그렇죠. 자유라는 게 바로 그런 거거든. 당신들에게서 자유를 빼앗는 거란 말이죠."

 나는 단 한 번도 이렇게 생각해본 적이 없었다. 생각해보니, 그의 말이 맞았다.

"맞는 말씀이네요. 그렇지 않다면 처벌이라는 게 의미가 없을 테니까요."

"그렇지. 당신은 이해하는군요. 다른 죄수들은 그렇지 못하죠. 하지만 그들도 결국에는 스스로 마음이 가벼워질 수 있는 방법을 배우게 되죠."

그러고는 교도관장은 자리를 떠났다.

또 하나 고통스러운 게 바로 담배였다. 형무소에 들어왔을 때, 허리띠, 구두끈, 넥타이 그리고 주머니에 있던 모든 것들, 무엇보다 담배를 빼앗겼다. 감방에 들어오고 나서 담배를 돌려달라고 해본 적이 있었다. 하지만 금지된 품목이라고 했다. 처음 며칠 동안은 너무 괴로웠다. 나를 무너지게 만든 가장 큰 이유는 아마도 담배일 것이다. 나는 침대의 판자에서 나뭇조각을 뜯어 빨아댔지만 하루 종일 구역질을 해야 했다. 아무에게도 해를 끼치지 않는데 왜 빼앗는 것인지 도저히 이해가 되지 않았다. 시간이 흐른 뒤에야 이것 역시 형벌의 일부라는 사실을 깨달을 수 있었는데 정작 그때는 담배를 피우지 않는 데 적응되어서 나에게는 더 이상 징벌로서의 의미가 없었다.

이런 부분들을 제외하고는 불행하다고 느낀 점은 별로 없었다. 또다시 말하지만, 시간을 때우는 게 가장 문제였다. 추억을 되새기는 법을 터득한 후부터는 더 이상 괴롭지 않았다. 나는 종종 내 방을 떠올려보면서, 한쪽 구석에서 시작

해 한 바퀴를 돌아 출발점을 다시 돌아오는 식으로 그 과정
에 있는 모든 것을 머릿속으로 그려보았다. 처음에는 금방
끝나버렸다. 하지만 계속 반복할 때마다 조금씩 시간이 길
어졌다. 왜냐하면 가구들도 하나하나 떠올렸고, 그 안에는
또 무엇이 들어 있는지 생각하고, 심지어 어떤 무늬들이 새
겨져 있고 깨진 부분은 있었는지 색깔이나 결들까지 구체
적으로 떠올렸기 때문이다. 그러면서 나의 재산에 대해 어
느 것 하나 빼놓지 않은 완벽한 목록을 만들어보았다. 그러
자 몇 주가 지나고 나서는 내 방에 있는 모든 것을 나열해보
는 것만으로도 꽤 오랜 시간을 때울 수 있게 되었다. 이처럼
내가 생각을 하면 할수록 그동안 혹여 소홀했던 것들과 잊
고 지냈던 것들을 기억해볼 수 있었다. 이런 방식으로 시간
을 보내면서, 만약 어떤 사람이 바깥에서 단 하루만 살아보
았다고 하더라도 감옥에서 백 년은 거뜬히 살 수 있겠구나
하는 생각이 들기도 했다. 떠올려볼 추억만 있다면 얼마든
지 심심하지 않게 지낼 수 있을 테니까 말이다. 어떻게 생각
해보면 이것도 특권일 수 있었다.

그리고 또 하나, 잠도 문제가 되었다. 처음에 나는 밤에
잠을 자기가 힘들었고 더군다나 낮에는 전혀 잘 수 없었다.
하지만 점점 밤에 잠을 이루기가 어렵지 않게 되었고 낮에
도 잠을 잘 수 있었다. 마지막 몇 개월 동안은 하루에 열여
섯 시간에서 열여덟 시간은 잤다고 밝힐 수 있다. 그러면 이

제 남은 여섯 시간 동안 식사를 하거나 용변을 보고, 추억을 떠올리고 체코슬로바키아에서 일어났던 일을 생각하면 되는 것이었다.

사실 나는 밀짚 매트와 침대 판자 사이에서 낡은 신문 한 장을 발견했다. 헝겊에 들러붙다시피 한 종이는 누렇게 변해 있었고 앞뒤가 다 비쳤다. 앞부분의 이야기는 잘려나가 있었지만 체코슬로바키아에서 일어난 듯한 사건에 대한 기사가 실려 있었다. 체코의 어느 마을에 살던 한 남자가 돈을 벌기 위해 떠났다가 이십오 년이 지나고 부자가 되어 아내와 어린아이를 데리고 고향으로 돌아왔다. 그 남자의 어머니와 누이는 고향에서 여관을 운영하고 있었다. 그는 어머니와 누이를 놀라게 해주려고 아내와 아이는 다른 곳에 머물게 하고 어머니의 여관으로 갔지만, 어머니는 그를 알아보지 못했다. 그는 장난으로 어머니의 여관에 방을 하나 잡고 자기가 가지고 있던 돈을 보여주었다. 그런데 그의 어머니와 누이는 그의 돈을 훔치기 위해 한밤중에 그를 망치로 때려 살해하고는 강물에 시체를 던져버렸다. 아침이 되자 그의 아내가 찾아왔고 그가 누구인지 정체를 밝혔다. 그의 어머니는 목을 맸고 누이는 우물 속으로 몸을 던져 죽고 말았다. 나는 이 이야기를 몇 천 번은 읽었을 것이다. 어찌 보면 정말이지 믿기지 않는 이야기이지만, 또 어떻게 보면 참으로 자연스러운 이야기이기도 하다. 아무튼 나는 그 남자에게도 어느 정도 책임이 있고 장난 같은 건 함부로 치면 안 된다고 생각한다.

이처럼 잠을 자고, 추억을 떠올리고, 신문을 읽고, 빛과 어둠이 교차하면서 시간은 흘렀다. 어디에선가 감옥에 있으면 시간 개념을 잃어버리게 된다고 읽은 적이 있었다. 그러나 그 당시에는 별로 와닿지 않았다. 하루하루가 얼마나 길 수 있는지, 동시에 또 얼마나 짧을 수 있는지 이해하지 못했기 때문이다. 산다는 것은 물론 길었다. 너무 길게 늘어진 탓에 하루가 다른 하루로 넘어갔고, 결국 하루라는 이름 자체를 잃어버리고 말았다. 어제 혹은 내일이라는 단어만이 그 의미를 간직할 뿐이었다.

어느 날 교도관으로부터 내가 이곳에 들어온 지 다섯 달이 지났다는 말을 들었을 때, 그의 말을 믿기는 했지만 이해할 수는 없었다. 감방에 있는 나로서는 그날이 그날이었고, 나는 항상 똑같은 일만 할 뿐이었기 때문이다. 그날 교도관이 그렇게 말을 하고 자리를 떠난 뒤, 나는 쇠로 된 식기에 비친 내 얼굴을 들여다보았다. 아무리 웃어보려고 해도 내 얼굴은 여전히 심각해 보였다. 그릇을 들고 흔들어보았다. 또다시 웃으려고 해보았지만 그릇에 비친 내 얼굴은 계속 심각하고 슬퍼 보였다. 날이 저물고 있었다. 내가 이야기하고 싶지 않고 뭐라고 형언할 수 없는 그런 시간이었다. 형무소의 모든 층으로부터 저녁의 소리들이 침묵의 행렬을 지어 올라오는 그런 시간이었다. 나는 창문으로 다가가, 곧 지게 될 햇빛 속에 선 채 내 얼굴을 다시 한번 바라보았다. 여전히 심각한 표정이었지만 놀라울 것도 없었다. 그 순간 내 얼굴이 굳어 있었던 건 사실이니까. 그런데 그와 동시에 몇 달 만에 처음으로 나는 내 목소리를 정확하게 들었다. 이미 오래전부터 내 귓가에서 울리던 목소리였고, 그동안 내가 계속해서 혼잣말을 해왔다는 사실을 깨달았다. 그때, 엄마의 장례식 날 간호사가 했던 말이 생각났다. 그랬다, 이러지도 저러지도 못하는 상황이었던 것이었다. 형무소의 저녁이 어떤지 상상할 수 있는 사람은 아무도 없다.

3장

여름이 매우 빠르게 지나 또다시 여름이 찾아왔다. 첫더위가 심해지면서 새로운 일이 생기리라는 것을 나는 알고 있었다. 내 사건은 중죄 재판소의 마지막 개정기에서 심의하기로 되어 있었는데 그건 6월로 마무리되는 것이었다. 심리가 시작되었고 바깥은 태양빛으로 눈이 부셨다. 변호사가 심리는 이삼 일 정도면 충분하다면서 이렇게 말했다.

"이번 회기에서 가장 중요하게 다루어지는 사건은 따로 있어요. 그래서 아마 당신 사건은 법정에서도 서두를 거예요. 존속살인사건이 뒤이어 심의될 예정이거든요."

오전 일곱 시 반, 나는 감방을 나섰고 호송차에 실려 법원으로 갔다. 두 명의 경관이 나를 어둡고 작은 방으로 인도했다. 우리는 문 옆에 앉아 대기했는데, 문 뒤에서 말하는 소리, 누군가를 부르는 소리, 의자가 끌리는 소리 등 동네 축제에서 음악회가 끝나고 춤을 출 수 있도록 홀을 정리할 때나 들릴 법한 시끌벅적한 소리들이 들려왔다. 경관들은 나에게 재판이 열리기를 기다리라고 했다. 한 경관이 나에게 담배를 권했지만 나는 괜찮다고 했다. 그리고 조금 뒤 나에게 '긴장되느냐'고 물었다. 나는 그렇지 않다고 대답했다. 사실, 직접 재판을 본다는 게 흥미롭기도 했다. 지금껏 살아오면서 이런 기회가 없었기 때문이었다.

"그렇기는 하죠. 처음에는 그럴 수 있겠지만 나중에는 결국 싫증이 나요."

잠시 후, 방에서 작은 종소리가 울리자 두 경관은 나의 수갑을 풀어주었다. 그리고 문을 열고 피고인석에 앉도록 했다. 법정에는 사람들이 꽉 들어차 있었다. 발이 내려져 있었는데도 햇빛이 군데군데 스며들어왔고 숨쉬기조차 힘들 정도로 답답했다. 창문들도 닫혀 있었다. 나는 의자에 앉았고 경관들은 내 양쪽으로 자리를 잡았다. 그러고 나서야, 내 앞으로 줄지어 있는 얼굴들이 눈에 띄었다. 모두들 나를 바라보고 있었다. 그들은 배심원이었다. 그런데 다들 그 사람이 그 사람 같아 보였다. 내가 받은 인상은 딱 한 가지, 마치 방금 전차에 오른 새로운 승객인 나를 쳐다보면서 웃음거리는 없는지 살펴보는 이름 모를 승객들 같았다. 나의 이런 생각이 어리석어 보인다는 것을 나도 잘 안다. 배심원들이 찾으려는 것은 웃음거리가 아니라 죄니까 말이다. 큰 차이는 없겠지만 아무튼 그런 생각들이 내 머리를 스쳤다.

나는 이 답답한 방 안을 채우고 있는 사람들 때문에 조금 어리둥절했다. 법정을 둘러보았지만 내가 아는 얼굴은 아무도 없었다. 처음에는 이 사람들이 모두 나를 보러 온 것이라고 미처 생각하지 못했다. 평소 나는 사람들의 관심을 받는 사람이 아니었다. 나 때문에 이런 소동이 일어났다는 사실을 이해하기 위해 애를 써야 했다.

"세상에, 사람들이 정말 많네요!"

내가 경관에게 말했다.

그러자 경관이 신문 때문이라고 말하면서 배심원석 아래에 있는 탁자 근처에 자리를 잡고 있는 한 무리를 가리켰다.

"저기 있네요."

그가 말했다.

"누구요?"

내가 물었다. 그러자 그가 다시 말했다.

"신문기자들 말이에요."

그들 중 경관이 아는 기자가 한 명 있었었는데, 그가 경관을 보고는 우리 쪽으로 왔다. 꽤 나이가 있었고 인상은 쓰고 있었지만 호감이 가는 남자였다. 그 기자는 경관과 무척 다정하게 악수를 했다. 순간 나는 마치 관심사가 같은 사람들이 만나서 즐기는 동호회처럼 이곳에서 모든 사람들이 만나 대화를 나누고 있다는 사실을 깨달았다. 나는 불청객처럼 여기에 없어도 그만인 사람인 것 같은 이상한 기분이 들었다. 그런데 그 기자가 나에게 미소를 지으며 말을 걸었다. 나에게 유리하게 잘 진행되기를 바란다고 했다. 내가 고맙다고 하자 그가 말했다.

"아시겠지만 우리가 당신 사건을 조금 띄워서 보도했어요. 여름에는 쓸 만한 기삿거리가 없거든요. 요즘도 이 사건과 존속살인사건밖에 없어요."

그러고는 그가 같이 있던 무리 중에 커다란 검은 테 안경을 쓴 뚱뚱한 족제비 같은 키 작은 남자를 가리켰다. 파리의 한 신문사 소속의 특파원이라고 했다.

"저 사람은 원래 당신 사건 때문에 온 게 아니었어요. 존속살인사건을 취재하러 왔더니 이 사건에 대해서도 기사를 쓰라고 했다더라고요."

이 말에 나는 하마터면 고맙다는 말을 할 뻔했다. 그런데 정말 우스꽝스러울 것 같았다. 기자는 나에게 친근한 손짓을 살짝 하더니 자리로 돌아갔다. 우리는 몇 분 정도를 더 기다렸다.

내 변호사는 법복을 입은 모습으로 나타났는데 많은 동료들과 함께였다. 변호사는 기자들에게 다가가 악수를 했다. 그들은 농담을 주고받았고 웃었으며 법정에 종이 울리기 전까지 너무나도 편안한 분위기였다. 모두가 자리에 앉았다. 변호사는 나에게 다가와 악수를 하고는, 주어지는 질문에 간단하게 대답하고 먼저 말을 하지는 말아야 한다면서 나머지는 자기에게 맡기라고 조언했다.

왼쪽에서 의자 끌리는 소리가 들려 보니, 코안경을 쓴 키크고 날씬한 남자가 붉은 법복을 조심스럽게 매만지면서 자리에 앉았다. 검사였다. 집행관이 개정을 알렸다. 이와 동시에 두 대의 커다란 선풍기가 윙윙대는 소리를 내며 돌아가기 시작했다. 세 명의 판사가 서류를 들고서 법정 안이 한눈에 내려다보이는 단상으로 서둘러 걸어갔다. 그중 두 명의 법복은 검은색이었고, 나머지 한 명의 법복은 붉은색이었다. 붉은 법복을 입은 판사가 중앙에 앉아 법모를 벗어 내려놓으면서 자그마한 민머리를 손수건으로 닦고는 재판이 시작됨을 알렸다.

기자들의 손에는 이미 펜이 들려 있었다. 그들은 모두 무관심하면서도 조금은 비웃는 듯한 표정이었다. 그중 무척이나 젊어 보이는 기자가 플란넬 재질의 옷을 입고 파란 넥타이를 하고 있었는데, 그는 아예 펜을 내려놓고서 나를 쳐다보고 있었다. 그의 얼굴은 좌우 균형이 맞지 않았지만 매우 맑은 눈이 유독 눈에 들어왔다. 나를 주의 깊게 관찰하는 그의 표정은 뭐라고 꼭 집어 정의할 수가 없었다. 나 자신이 나를 바라보는 묘한 기분이 들기도 했다. 이 때문인지, 그리고 그곳의 관행이 어떤지 잘 몰랐기 때문인지 뒤이어 일어났던 모든 일들을 도무지 이해할 수가 없었던 것 같다. 배심원들의 추첨, 변호사와 검사 그리고 배심원단에게 재판장이 던진 질문들(질문이 주어질 때마다 모든 배심원들의 고개가 동시에 재판장으로 향했다), 내가 알고 있는 지명과 인명이 있는 기소장의 빠른 낭독, 내 변호사를 향한 질문 세례.

재판장이 증인들을 소환하겠다고 알렸다. 집행관이 이름을 불렀고 나는 유심히 들었다. 조금 전까지는 구별이 가지 않던 방청객들이었는데, 그런 그들 사이에서 한 명 한 명 일어나더니 옆문으로 사라졌다. 요양원 원장, 관리인, 토마 페레즈, 레몽, 마송, 살라마노, 마리였다. 마리는 불안한 듯 조심스럽게 손짓을 했다. 그때까지 그들을 알아보지 못했다는 사실이 너무 놀라웠다. 그때 마지막으로 셀레스트가 호명되어 자리에서 일어났다. 그의 옆에는 식당에서 언젠가 본 적이 있는 그 여자가 똑같은 재킷을 입고, 흐트러짐 없고 결연한 자세로 앉아 있는 모습이 보였다. 그녀는 나를 뚫어지게 쳐다보고 있었다. 하지만 재판장이 발언을 시작하는 바람에 그녀가 왜 그렇게 나를 바라보고 있는지 생각할 겨를이 없었다. 그는 본격적으로 심리가 진행될 것이라고 선언하면서, 방청객들에게 새삼스럽게 정숙하라는 요청을 하지 않아도 되리라고 생각한다고 말했다. 사건의 심리를 공정하게 진행하는 것이 그의 소임이므로 객관적인 자세로 임하겠다고 했다. 배심원단은 정의의 정신에 입각해 판결을 내릴 것이며, 아무리 사소한 사고라 할지라도 발생하는 즉시 퇴장시키겠다고 말했다.

법정 안은 점점 더 더워졌고 신문으로 부채질을 하는 방청객들도 보였다. 이 때문에 계속해서 종이의 바스락거리는 소리가 작게 들렸다. 재판장이 손짓을 하니 집행관이 짚으로 엮은 부채 세 개를 가져다주었고 그들은 곧바로 부채질을 하기 시작했다.

곧 심문이 시작되었다. 재판장이 나에게 조용히 질문을 했는데 심지어 친근하게 느껴질 정도의 어감이었다. 또다시 신원에 대한 질의가 시작되어 짜증이 났지만, 한 사람의 잘못을 재판한다는 것은 너무나도 중대한 일이기 때문에 당연한 과정이라는 생각이 들었다. 그리고 재판장은 내가 저질렀던 일들에 대해 읽기 시작했다. 두세 문장이 끝날 때마다 그는 나에게 "맞나요?"라고 물었다. 그때마다 나는 변호사의 지시에 따라 "네, 재판장님"이라고 대답했다. 재판장이 아주 세세한 부분들까지 다루었기 때문에 시간이 오래 걸렸다. 그러는 동안 기자들은 쉴 틈 없이 계속 받아 적었다. 젊은 기자와 키 작은 로봇 같은 여자의 눈길은 여전히 나를 향하고 있었다. 전차의 좌석 같은 곳에 앉아 있는 사람들은 전부 재판장을 보고 있었다. 재판장은 기침을 하고는 서류를 뒤적이더니 부채질을 하면서 나를 돌아보았다.

재판장은 나에게, 이제부터는 직접적으로 나의 사건과

아무 관련이 없는 것 같지만 어쩌면 아주 밀접하게 관련이 있는 문제들을 다루겠다고 했다. 또 엄마 이야기가 나오겠구나 싶어 얼마나 귀찮았는지 모른다. 재판장은 왜 엄마를 요양원에 보냈느냐고 물었다. 나는 엄마를 부양할 돈이 없어서 그랬다고 대답했다. 그는 엄마를 부양하려면 혼자서 감당해야 했느냐고 물었다. 그래서 엄마나 나나 서로에게 기대할 게 없었고, 또 다른 누군가에게도 기대하지 않았으며, 우리는 이미 각자의 새로운 삶에 적응했었다고 말했다. 그러자 재판장은 이 점에 대해서는 더 이상 캐묻지 않겠다면서 검사에게 질문하고 싶은 게 있느냐고 물었다.

검사는 나를 쳐다보지도 않고 반쯤 등을 돌린 채, 재판장이 허락한다면 내가 처음부터 그 아랍인을 죽이려고 혼자 샘으로 다시 갔던 것인지 묻고 싶다고 했다. 나는 "아닙니다"라고 말했다. "그렇다면 왜 무기를 갖고 있었죠? 그 샘으로 돌아간 이유가 정확하게 무엇입니까?" 나는 우연이었다고 대답했다. 그러자 검사는 불만이 가득한 말투로 "지금은 여기까지 하겠습니다"라고 말했다. 그후로는 조금 혼란스러웠다. 적어도 나로서는 그랬다. 그런데 재판장이 잠깐 의논을 하더니 오후까지 휴정을 하고 그 뒤에 증인 심문을 하겠다고 선언했다.

나는 생각할 틈도 없었다. 바로 끌려 나와 호송차를 타고 형무소로 돌아와 점심을 먹었다. 이제 피곤이 느껴질 만한 아주 잠깐의 시간이 지나고 나는 다시 법정으로 갔다. 모든 것이 다시 시작되었고, 나는 아까와 같은 법정에서 같은 사람들 앞에 있게 되었다. 달라진 것은 이제 모든 배심원들과 검사 그리고 변호사, 몇몇 기자들까지도 밀짚 부채를 손에 들고 있다는 것뿐이었다. 더위가 더 심해졌기 때문이었다. 그 젊은 기자와 키 작은 여자도 계속 거기에 있었다. 하지만 그들은 부채질도 하지 않고 아무 말 없이 나를 쳐다보았다.

나는 얼굴에 흐르는 땀을 닦았다. 그리고 요양원 원장의 이름이 불리고서야 법정이라는 장소와 나 자신에 대해 실감할 수 있었다. 엄마가 나에 대해 불평한 적이 있느냐고 물었고 원장은 그렇다고 대답했다. 그러고는 이상하겠지만 재원자들이 지인들에 대한 불평을 늘어놓는 모습은 자주 본다고 했다. 내가 엄마를 요양원에 보낸 것에 대해 엄마가 불만이 있었는지 재판장이 따지자, 원장은 또다시 그렇다고 했다. 하지만 이번에는 다른 말을 덧붙이지 않았다. 또 다른 질문에 원장은 내가 장례식 날 너무 아무렇지 않아 놀랐다고 대답했다. '아무렇지 않았다'는 게 무슨 의미인지 묻자 원장은 발끝을 내려다보더니, 내가 엄마를 보려고 하지도 않았으며 눈물을 흘리지도 않았고, 장례식이 끝나고 나서 무덤 앞에서 묵도도 하지 않고 자리를 떠났다고 했다. 원장이 놀랐던 것은 또 있었다. 장의사 사람들 중 한 명이 엄마의 나이를 물었는데 내가 제대로 대답하지 못하더라는 것이었다. 잠시 침묵이 흐른 뒤, 재판장은 원장에게 지금까지의 증언이 분명히 나에 대한 것이냐고 물었다. 원장이 질문의 의도를 이해하지 못하자 재판장이 "법률적으로 으레 하는 질문입니다"라고 말했다. 그리고 검사를 보며 증인에게 질문하고 싶은 것이 더 있느냐고 물었다. 검사는 "아, 아닙니다. 이제 됐습니다"라고 크게 대답했다. 그가 너무 큰 목소리로 말한 데다 이미 승리를 거둔 사람처럼 나를 바라보는 바람에, 나는 정말 오랜만에 처음으로 울음이 터질 것만 같았다. 이 모든 사람들이 나를 얼마나 미워하는지 알 수 있었기 때문이다.

재판장은 배심원단과 내 변호사에게 질문이 있는지 물은 다음, 관리인을 불러냈다. 관리인에게도 다른 증인들과 같은 절차가 되풀이되었다. 그는 증인석으로 나오면서 나를 바라보다가 눈을 피했다. 그는 질문에 대답했다. 내가 엄마를 보고 싶어하지 않았으며, 담배를 피웠고, 잠을 잤고, 크림커피를 마셨다고 증언했다. 그때 나는 법정 전체에 적대감 같은 것이 들어차는 것 같은 느낌이 들었고, 처음으로 내가 죄를 지었다는 사실을 깨달았다. 재판장은 관리인에게 다시금 커피와 담배 이야기를 반복하도록 했다. 차장 검사가 나를 쳐다보는 눈빛에는 비웃음이 담겨 있었다. 그때 내 변호사가 관리인에게 내가 담배를 피울 때 같이 피우지 않았느냐고 물었다. 그런데 갑자기 검사가 거칠게 일어서더니 이 질문에 반박했다.

"지금 도대체 누구를 죄인 취급하는 겁니까? 증언의 의미를 퇴색시키려고 검사 측의 증인 체면을 깎아내리다니 이게 뭐하는 짓입니까? 아무리 그래도 방금 전 증인의 증언이 결정적이라는 사실은 변함이 없습니다!"

하지만 재판장은 관리인에게 질문에 대답하라고 했다. 관리인은 당황한 눈치였다.

"제가 잘못한 건 알아요. 그런데 저분이 권하시는 걸 차마 사양할 수가 없어서 그런 거예요."

마지막으로 재판장이 나에게 더 할 말이 없는지 물었다.

"없습니다. 증인이 한 말이 맞다는 것은 확인해 드릴게요. 제가 담배를 권한 건 사실입니다."

관리인이 조금 놀란 동시에 고맙기도 한 얼굴로 나를 쳐다보았다. 망설이는가 싶더니 크림커피를 권한 건 그였다고 이야기했다. 내 변호사는 자신감이 생겼는지 갑자기 커진 목소리로 배심원들이 이 점을 고려할 거라고 소리쳤다. 그러나 검사가 우리의 머리 위로 소리를 내지르며 말했다.

"그래요, 배심원들께서 고려하시겠죠. 하지만 증인은 고인과 아무 관련이 없는 사람입니다. 그러니 그가 커피를 권하는 건 전혀 문제가 되지 않아요. 그런데 자신을 낳아준 어머니의 시신 앞에서 아들은 당연히 사양했어야 한다고 결론을 내리실 거예요."

관리인은 자기 자리로 돌아갔다.

토마 페레즈 차례가 되었을 때는 집행관이 증인석까지 그를 부축해야 했다. 토마 페레즈는 엄마와는 잘 알고 지냈지만 나를 본 건 장례식 날이 처음이었다고 했다. 그리고 그날 내가 무엇을 했는지에 대한 질문에 이렇게 대답했다.

"아시겠지만 저는 너무 마음이 아팠어요. 그래서 아무것도 볼 수 없었죠. 마음이 너무 아파서 보이는 게 아무것도 없었답니다. 저로서는 정말 고통스러운 일이었거든요. 기절까지 했을 정도로요. 그래서 저는 저분을 보지 못했어요."

차장 검사는 내가 눈물을 흘렸는지는 보았느냐고 물었고 그는 보지 못했다고 대답했다. 그러자 검사가 "배심원 여러분, 이 점에 대해 고려하시기 바랍니다"라고 말했다. 이번에는 내 변호사가 화가 나 몹시 과장된 것 같은 목소리로 '내가 울지 않은 것은 보았느냐'고 물었다. 토마 페레즈는 "아니요"라고 대답했다. 방청객들은 웃음이 터졌다. 변호사는 소매 한쪽을 걷어 올리면서 강한 어조로 말했다.

"이게 바로 이번 재판의 모습입니다. 전부 사실이라는데, 정말 사실인 것은 아무것도 없어요!"

검사는 잔뜩 굳은 얼굴로 서류의 제목을 연필로 찔러대고 있었다.

오 분의 휴정 시간 동안, 변호사는 모든 게 아주 잘되어 가고 있다고 말했다. 휴정이 끝나고 피고 측에서 요청한 증인인 셀레스트가 나왔다. 피고 측이란 바로 나였다. 셀레스트는 간혹 나를 쳐다보며 파나마 모자를 손으로 돌리고 있었다. 그는 새 양복을 입고 있었다. 일요일에 종종 나와 함께 경마장에 가곤 했는데 그때 입던 옷이었다. 그런데 셔츠에 깃을 달지 못했는지 구리 단추로 채워져 있었다. 내가 그의 손님이었느냐는 질문에 "네, 하지만 친구이기도 했습니다"라고 대답했다. 그리고 나를 어떻게 생각하느냐는 질문에는 남자답다고 했다. 남자답다는 게 무슨 의미인지 묻자 모두들 알고 있는 그 뜻이라고 했다. 내가 내성적인 성격인 건 알고 있었느냐고 물으니 필요 없는 말은 하지 않는 성격이라는 의미에서는 그렇다고 할 수 있다고 대답했다. 차장 검사가 밥값은 잘 지불했느냐고 물었다. 셀레스트는 웃으면서 "그건 우리 둘 사이의 일이죠"라고 대답했다. 그리고 내가 저지른 죄를 어떻게 생각하느냐고 물으니, 그는 증언대에 손을 올려놓았다. 무언가 미리 준비한 말이 있는 것 같았다.

"제 생각에는 운이 좋지 않았던 것 같습니다. 운이 좋지 않았다는 게 무슨 뜻이지는 다들 아시겠죠. 어찌할 수가 없는 거예요. 제 생각에는 운이 좋지 않았던 거예요."

그는 계속 이야기하려고 했다. 하지만 재판장이 이제 그만 됐다면서 수고했다고 감사 인사를 전했다. 셀레스트는 조금 민망해하면서도 계속 이야기하고 싶다는 의사를 피력했다. 재판장은 그렇다면 짧게 하라고 요청했다. 그런데 셀레스트는 또다시, 운이 좋지 않았다는 말을 반복했다. 그러자 재판장이 말했다.

"네, 잘 알겠습니다. 하지만 그런 불운들을 심판하는 게 우리가 하는 일입니다. 감사합니다."

셀레스트는 지혜를 발휘하고 성의를 다해 증언했지만 더 이상 할 수 있는 것은 없다는 듯이 고개를 돌려 나를 바라보았다. 그의 눈빛은 반짝였지만 입술은 떨리고 있었다. 그가 나를 위해 할 수 있는 일이 더 없느냐고 묻는 것 같았다. 나는 아무 말도 하지 않았고, 그 어떤 몸짓도 하지 않았다. 그런데 살아오는 동안 누군가를 껴안아주고 싶었던 건 그때가 처음이었다. 재판장은 셀레스트에게 증인석에서 나와 자리로 돌아가도 좋다고 다시 한번 말했다. 셀레스트는 방청객들 사이의 원래 자리로 돌아갔다. 계속 재판이 진행되는 동안 셀레스트는 몸을 조금 앞으로 숙이고 팔꿈치를 무릎에 괴고는 파나마 모자를 손에 든 채 법정에서 오고가는 모든 이야기에 귀를 기울였다. 이번에는 마리가 나왔다. 그녀는 모자를 쓰고 있었고 여전히 아름다웠다. 하지만 나는 마리가 머리를 풀고 있을 때가 더 좋았다. 내가 앉아 있는 곳에서 보아도 마리의 볼록한 가슴이 느껴졌고 아랫입술이 조금 더 도톰한 것도 보였다. 마리는 무척 예민해져 있는 것 같았다. 곧바로, 언제부터 나를 알게 되었느냐는 질문으로 심문이 시작되었다. 그녀는 우리가 같은 사무실에서 일했던 시기에 대해 말했다. 재판장은 마리와 내가 어떤 관계였는지 알고 싶어했다. 마리는 친구라고 했다. 그리고 또 다른 질문에는 나와 결혼하기로 했다는 건 사실이라고 말했다. 서류를 뒤적이던 검사는 갑자기 우리 둘의 관계가 언제부터 시작되었느냐고 물었다. 마리가 날짜를 말했다. 검사는 그날이 엄마의 장례식이 있은 다음 날인 것 같다고 무심한 듯 지적했다. 그러고는 비꼬는 듯한 말투로, 곤란할지 모르는 상황에 대해 계속 파고들고 싶지 않으며 마리가 불안해하는 것도 이해하지만(이쯤에서 그의 말투가 훨씬 차가워졌다) 어쩔 수 없이 결례를 범해야 하는 게 자신의 의무라고 했다. 그는 마리에게 내가 그녀와 관계를 하게 되었던 그날 하루를 요약해서 말해달라고 말했다. 마리는 이야기를 꺼내고 싶어하지 않았지만 검사가 다그치자, 해수욕을 했고 영화관에 갔으며 내 집으로 함께 돌아왔다고 대답했다. 차장 검사는 예심에서 마리의 진술을 듣고 그날 어떤 영화가 상영되었는지 알아보았다고 했다. 그러면서 마리에게 무슨 영화였는지 직접 말해달라고 덧붙였다. 마리는 겁에 질린 목소리로 페르낭델의 영화였다고 대답했다. 그녀의 말이 끝나자 법정 안에 순간 정적이 흘렀다. 검사는 자리에서 일어났다. 그리고 매우 심각한 얼굴을 하고 한층 격해진 목소리로 나를 손가락으로 가리키면서 천천히 또박또박 말했다.

"배심원 여러분, 저 사람은 어머니의 장례식 바로 다음

날에 해수욕을 하고, 난잡하게도 성관계를 했으며, 코미디 영화를 보며 웃어댔습니다. 정말이지 할 말을 잃게 만드는군요."

그는 자리에 앉았고 법정은 여전히 잠잠했다.

마리는 오열을 터뜨리고 말았다. 그런 게 아니라 다른 이야기가 더 있으며, 그녀가 생각하는 것을 다르게 말하도록 강요당한 것이라고 흐느끼며 말했다. 그녀는 나를 잘 알고 있고 나는 나쁜 짓을 하지 않았다고 했다. 하지만 재판장이 손짓을 하자 집행관이 나와 그녀를 끌고 나갔고 재판은 이어졌다.

곧이어 마송이 나와, 내가 신사다운 사람이며 '정직한 사람이기도 하다'라고 말했지만 들어주는 사람이 거의 없었다. 살라마노 영감도 나왔는데, 영감은 개 때문에 속상할 때 내가 친절하게 대해주었다고 말하면서, 나와 엄마에 대한 질문에는 엄마가 적적할까봐 요양원으로 보냈다고 답했지만 이번에도 들어주는 사람은 거의 없었다.

"이해해주셔야 해요. 이해해주셔야 합니다."

살라마노 영감이 말했지만 이해하는 사람은 아무도 없었다. 결국 그도 끌려 내려갔다.

다음은 레몽 차례였는데 마지막 증인이었다. 레몽은 나에게 짧은 손짓을 하고는 다짜고짜 나에게는 죄가 없다고 했다. 그러나 재판장이 본인의 의견을 말해달라는 것이 아니라 사실을 말해달라고 했다. 주어지는 질문에만 답하라고 주의를 주었다. 재판장은 레몽에게 피해자와 어떤 관계인지 정확하게 설명하라고 했다. 레몽은 자기가 피해자 누이의 빰을 때렸는데 그후부터 피해자가 그를 증오해왔다는 이야기를 했다. 그런데 재판장은 피해자가 나를 미워할 이유는 없었느냐고 물었다. 레몽은 내가 바닷가에 있었던 건 우연의 결과라고 했다. 검사는 그러면 이 사건의 발단이라고 할 수 있는 편지를 내가 썼느냐고 물었고, 레몽은 그것 또한 우연이라고 대답했다. 검사는 우연이라는 것이 이번 사건을 제대로 들여다보는 데 자꾸 걸림돌이 되고 있다고 반박했다. 그는 레몽이 정부의 뺨을 때릴 때 내가 말리지 않았던 것도 우연이고, 내가 경찰서에서 증인이 되어준 것도 우연이고, 내가 레몽을 위해 호의적인 증언을 해주었던 것도 우연이었는지 알고 싶다고 했다. 마지막으로 그는 레몽에게 하는 일이 무엇인지 물었다. 레몽은 '창고지기'라고 소개했다. 그러자 차장 검사는 배심원들에게 증인이 포주 일을 하면서 산다는 건 모르는 사람이 없다고 말했다. 나는 공범자이자 친구라면서, 이 사건은 비열한 종족들이 저지른 천박한 참사이며, 사건의 심각성을 더하는 것은 내가 도덕적으로 패륜아라는 사실이라고 했다. 레몽은 스스로 변호해보려 했고, 내 변호사도 항의했지만 검사의 말을 끝까지 들으라는 주의를 들었다. 검사는 "조금만 더 말해보죠.

피고가 당신 친구였습니까?"라고 레몽에게 물었다. 레몽은 "네, 제 친구였습니다"라고 대답했다. 차장 검사가 나에게 도 같은 질문을 했고 나는 레몽을 쳐다보았다. 레몽은 내 눈을 피하지 않았다. 나는 "네, 그렇습니다"라고 말했다. 그러자 검사는 배심원들을 향해 돌아서서 선언했다.

"자신의 어머니가 돌아가신 직후에도 너무도 파렴치하고 방탕한 행위에 빠져 있던 이 남자는 대수롭지 않은 이유로 차마 입에 담기조차 힘든 치정 사건을 마무리 지으려고 살인을 저지른 겁니다."

검사는 자리에 앉았다. 하지만 내 변호사는 결국 참지 못하고 두 손을 들며 소리쳤다. 그러는 바람에 소매가 풀려버렸고 풀을 먹인 셔츠의 주름이 보였다.

"피고는 도대체 어머니의 장례를 치른 것 때문에 지금 이 자리에 있는 겁니까, 아니면 사람을 죽여서 여기에 있는 겁니까?"

방청객들이 웃었다. 그런데 검사가 다시 일어서더니 법복을 매만지고는, 존경하는 변호사님처럼 순진하지만 않다면 이 두 가지 사실 사이에 근본적이고 비장하며 필수불가결한 관계가 형성된다는 것을 누구나 느낄 거라고 선언했다. 그러면서 "맞습니다, 피고인은 범죄인의 마음으로 어머니 장례를 치른 겁니다. 따라서 피고의 유죄를 주장하는 바입니다"라고 있는 힘껏 외쳤다. 그의 외침은 방청객들을 사이에서 상당한 반향을 일으킨 것 같았다. 내 변호사는 어깨를 으쓱하더니 이마에 흐르는 땀을 닦았다. 그 역시 동요된 것 같았고, 모든 상황이 나에게 불리하게 돌아가고 있다는 사실을 깨달았다.

공판이 끝났다. 나는 법정을 나와 호송차에 오르면서 그 짧은 시간 동안 여름 저녁의 냄새와 색깔을 새삼 느꼈다. 호송차 안의 어둠 속에서 나는 내가 사랑했던 도시나 행복감을 느꼈던 어느 시간의 친근한 모든 소리들을 마치 지친 마음속에서 꺼내어 보듯 하나하나 떠올려볼 수 있었다. 이미 가라앉기 시작한 공기 속에서 들리던 신문팔이들의 외침, 공원에서 들리던 마지막 새 소리, 샌드위치를 파는 이의 호소, 시내 고지대의 굽은 길목에서 울리던 전차의 비명 같던 경적 소리 그리고 항구에 밤이 찾아오기 전 들려오던 하늘의 웅성거림. 이 모든 것들은 감옥에 들어오기 전에 분명히 알던 것이었지만 지금으로서는 마치 눈먼 사람이 길을 더듬으며 가고 있는 것처럼 느껴졌다. 그렇다. 아주 오래전에 내가 행복하다고 느꼈던 바로 그 시간이었다. 그때 나를 기다리고 있던 건 항상 꿈도 꾸지 않는 얕은 잠이었다. 그런데 이제는 달라진 무엇인가가 있었다. 내일에 대한 기대와 함께 내가 있게 될 곳은 감방이라는 사실 말이다. 마치 여름 하늘에 그려진 익숙한 길들이 나를 숙면은 물론 감옥으로 이끌 수 있는 것처럼 느껴졌다.

4장

자기 자신에 대한 이야기를 듣는 일은 비록 피고인석에서 듣게 된다 할지라도 흥미로운 법이다. 검사와 변호사의 변론이 진행되는 동안 사람들은 나에 대한 이야기를 많이 했다. 아마 내가 저지른 범죄보다 나에 대한 말을 더 많이 한 것 같다. 그런데 양쪽의 변론은 그 내용이 서로 많이 달랐던 걸까? 변호사는 두 팔을 들고 죄를 시인하되 변명을 했다. 검사는 손을 뻗어 죄를 규탄하되 변명을 허용하지 않았다. 그런데 약간 마음에 걸리는 게 있었다. 애써 자제하려고는 했지만 가끔은 나도 한마디 끼어들고 싶을 때가 있었다. 하지만 변호사는 나에게 "잠자코 계세요. 그래야 일에 탈이 없어요"라고 말했다.

어떻게 보면, 이 사건에 대한 재판에서 내가 제외된 것 같았다. 모든 과정이 나의 참여를 고려하지 않고 진행되었다. 나의 운명이 정작 내 의견은 빠진 채 결정되는 것이다. 가끔은 다른 사람들의 말에 끼어들어 이렇게 말하고 싶었다. "도대체 누가 피고입니까? 피고가 중요한 거죠. 나도 할 말은 있다 이겁니다!" 그런데 또다시 생각해보면, 할 말이 없었다. 게다가 사람들의 관심을 받음으로써 맛보게 되는 흥미는 오래 지속되지 않는다는 사실을 인정해야 한다. 검사의 변론도 금방 싫증이 났다. 관심이 가거나 흥미를 느낀 것은 단편적인 말과 행동들, 또는 주제와는 벗어나 지겹게 반복되던 연설뿐이었다.

내가 올바르게 이해했다면 검사는 내가 미리 계획한 후 이 일을 저질렀다고 확신하고 있었다. 그는 이를 증명하고자 했고 스스로도 그렇게 말하고 있었다.

"제가 그것을 증명해 보이겠습니다. 그것도 이중으로 말이죠. 먼저 명명백백한 사실을 바탕으로, 다음은 이 범죄자의 영혼이 지닌 심리 상태가 야기하는 어두움을 바탕으로 입증하겠습니다."

검사는 엄마가 죽고 난 뒤의 사실들을 요약했다. 엄마가 세상을 떠난 사람치고는 너무 아무렇지 않았다는 것, 엄마의 나이를 몰랐다는 것, 장례를 치른 직후 여자와 해수욕을 하러 갔으며, 페르낭델의 영화를 보고는 그 여자, 즉 마리와 함께 집으로 돌아왔다는 것을 다시 이야기했다. 검사의 말을 이해하기까지는 시간이 좀 필요했는데, 그가 '그의 정부 (情婦)'라는 말을 했기 때문이다. 나에게 그녀는 정부가 아니라 그냥 마리일 뿐이었다. 이어서 검사는 레몽에 대해 이야기했다. 검사가 사건을 바라보는 방식은 명확성이 떨어지지 않았다. 그럴듯한 이야기였다. 내가 레몽과 합의하고, 그의 정부를 유인해 '품행이 의심스러운' 남자의 손아귀에서 놀아나게 하려고 편지를 썼다. 내가 해변에서 레몽의 적들에게 시비를 걸었다. 레몽이 다쳤고 내가 그에게 권총을 달라고 했다. 그것을 사용하려고 혼자서 되돌아가 계획한 대로 아랍인을 쏘았다. 그리고 나는 기다렸다가 '일이 확실히 마무리된 건지 확인하기 위해' 또다시 네 발을 차분하게, 확실하게, 맨 정신으로 쏜 것이었다.

"이상입니다."

차장 검사가 말했다.

"여러분께 지금까지 이 사람이 분명한 계획을 세우고 살인을 저질렀던 사건의 경위에 대해 말씀드렸습니다. 제가 강조하는 게 바로 이것입니다. 왜냐하면 이것은 일반적인 살인, 정상참작이 될 만한 무의식적인 행동이 아니기 때문입니다. 여러분, 피고는 영리한 자입니다. 여러분도 피고의 진술을 들으셨지 않습니까? 답변을 어떻게 해야 하는지 잘 압니다. 어떤 말을 사용해야 하는지도 알고요. 그리고 그가 무슨 일을 하는 건지 생각하지도 않고 행동했다고는 볼 수 없습니다.”

　나는 그의 말에 귀를 기울이고 있었고, 내가 멍청한 사람이 아니라는 말을 들었다. 그런데 보통 사람의 장점이 어떻게 하면 범인으로 몰 수 있는 조건이 되는 건지 이해가 가지 않았다. 적어도 이 점에는 꽤 놀랐다. 그래서 그후로는 검사의 말에 더 이상 귀 기울이지 않았다. 그러던 중 다시 그의 말이 들려왔다.

　“피고가 후회하는 기색이 있기는 했나요? 전혀요, 여러분. 예심이 진행되었을 때도 피고는 단 한 번도 이 가증스러운 중죄를 뉘우친 적이 없었습니다.”

　그는 이 말을 하면서 내 쪽으로 돌아서서 손가락으로 나를 가리키며 계속 비난을 퍼부었다. 하지만 정작 나는 그가 왜 그러는 건지 알지 못했다. 그의 말이 맞다는 것을 부정할 수는 없을 것 같았다. 나는 내 행동을 그다지 후회하고 있지 않았다. 하지만 저리도 악착같이 나를 공격하는 모습에 놀라울 따름이었다. 나는 무엇인가를 진심으로 후회한 적이 단 한 번도 없던 사람이라는 사실을 다정하고도 친절하게 설명해주고 싶었다. 나는 항상 곧 일어날 일, 오늘이나 내일에만 몰두할 뿐이었다. 그러나 내 신세를 생각하니 그 누구에게도 이런 말을 할 수 없었다. 나에게는 누군가를 다정하게 대하거나 선의를 베풀 권리가 없었다. 그때 또다시 나의 영혼에 대해 이야기하기 시작했고, 나는 들어보기로 했다.

검사는 "배심원 여러분, 제가 그의 영혼을 들여다보았으나 아무것도 발견할 수 없었습니다"라고 말했다. 그러면서 사실상 나에게는 영혼이랄 것이 아예 없으며, 인간적인 면도 전혀 없고, 인간의 마음을 지켜주는 도덕적 신조들도 찾아볼 수 없었다고 했다. 그리고 "아마도"라는 말로 발언을 이어갔다.

"우리는 이러한 사실로 그를 비난할 수 없을 것입니다. 그가 얻지 못했을 것을 가지고 그에게 결핍되었다며 손가락질할 수는 없는 것이죠. 하지만 그게 법정에서라면, 관용이라는 너무나도 건설적이지 못한 덕목은 이제 더 어렵고 고귀하며 더욱 정의로운 덕목으로 바뀌어야 합니다. 특히 피고에게서 볼 수 있는 이러한 마음의 공허는 사회가 궤멸할 수 있는 깊은 구렁이 되기 때문에 더욱 그렇습니다."

검사가 엄마에 대한 나의 태도에 대해 말한 것은 바로 그 때였다. 그는 심리 과정 중에 했던 말을 반복했다. 내가 저질렀던 범죄에 대해 이야기할 때보다 발언 시간이 훨씬 오래 걸렸다. 얼마나 길던지 그날 아침의 더위 외에는 아무것도 느껴지지 않을 정도였다. 적어도 차장 검사가 말을 잠깐 중단할 때까지는 그랬다. 그는 조금 뜸을 들이는가 싶더니, 다시 매우 낮고 확신에 찬 목소리로 말하기 시작했다.

"여러분, 내일 바로 이곳, 오늘과 같은 법정에서 아버지를 살해한 죄를 심판하게 될 것입니다."

그의 말에 따르면 이런 잔혹한 범죄는 상상만으로도 너무 끔찍한 것이었다. 그는 이런 중죄는 일말의 양보도 허용하지 말고 정의가 처벌해주기를 바랐다. 그러나 이러한 범죄 앞에서 느끼는 공포가 나의 무덤덤함 앞에서는 고개도 들지 못한다며 거침없이 말했다. 게다가 정신적으로 엄마를 살해한 사람은 실제로 아버지를 살해한 사람과 마찬가지로 인간 세상에서 퇴출시켜야 한다고 했다. 어찌됐든 전자는 후자의 범행의 토대가 되며, 생각해보면 후자와 같은 범죄를 예고하며 승인하는 단계가 될 수 있다고 말했다.

"여러분, 저는 확신합니다. 지금 피고인의 자리에 앉아 있는 저 사람이 내일 이 법정에서 재판을 받게 될 살인범과 같은 죄인이라고 해도, 여러분은 이런 제 생각이 지나치다고 생각하지 않으실 겁니다. 따라서 피고는 반드시 처벌받아야 마땅합니다."

여기까지 말하고 검사는 땀으로 번들거리는 얼굴을 닦았다. 그리고 자신의 의무는 고통스럽지만 뚝심으로 이를 수행해 나가겠다고 선언했다. 나는 사회의 가장 근본적인 규율을 무시했기 때문에 우리 사회와는 무관한 존재이며, 인간이라면 당연히 느낄 기초적인 반응을 외면했기 때문에 인정에 호소할 수도 없을 거라고 했다.

"저는 이자의 목을 요구하는 바입니다. 사형을 외치는 제 마음은 가볍습니다. 왜냐하면 오랜 시간 일해오면서 사형 선고를 여러 번 요청해봤지만, 저로서는 고통스럽게 여겨졌던 이 의무가 이처럼 형평성 있고 신성하다고 느껴졌던 적이 없었기 때문입니다. 이 의무의 고통은 패악함만 드러나는 피고의 얼굴 앞에서 제가 느끼는 공포감에 비하면 정말이지 아무것도 아님을 깨달았습니다."

검사가 자리에 앉고 나서도 침묵은 꽤 오랫동안 지속되었다. 나는 덥기도 하고 놀라기도 하는 바람에 현기증이 났다. 재판장은 짧게 기침을 하고는 아주 낮은 목소리로 나에게 더 할 말이 남아 있는지 물었다. 나도 말하고 싶은 마음은 있었기 때문에 자리에서 일어나, 비록 두서가 없긴 해도 아랍인을 죽일 의도는 없었다고 말했다. 재판장은 그것은 자기주장일 뿐이며, 지금까지도 내 변호의 방향을 파악할 수 없다면서 변호사의 발언을 듣기 전에 내가 왜 그런 행동을 했는지 분명한 이유를 말해보라고 했다. 나는 말도 안 되는 소리일 거라는 사실을 알면서도 태양 때문이었다고 재빠르게 말해버렸다. 법정 안 사람들은 웃음을 터뜨리고 말았다. 내 변호사는 어깨를 으쓱해 보였고 곧 그에게 변론의 시간이 주어졌다. 그러나 그는 시간이 많이 흘렀고 진술을 시작하면 시간이 오래 걸릴 테니, 공판을 오후로 미루어달라고 요청했다. 법정은 이에 동의했다.

오후에도 커다란 선풍기들은 법정 안의 무거운 공기를 휘저었고, 배심원들의 손에 들린 각양각색의 작은 부채들은 모두 같은 방향으로 움직이고 있었다. 내 변호사의 변론은 끝날 기미가 보이지 않았다. 그런데 어느 순간엔가 그의 말에 귀를 기울이게 되었다. "내가 죽인 것은 사실입니다"라고 말했기 때문이다. 그러고는 계속 그런 식으로 말을 이어갔다. 나에 대해 이야기할 때마다 그는 '나'라고 했다. 나는 정말이지 어안이 벙벙했다. 경관 쪽으로 몸을 숙이고 변호사가 왜 저렇게 말하는 것인지 물어보았다. 경관은 조용히 하라면서 잠시 뒤, "변호사들은 원래 그런 식으로 말해요"라고 덧붙였다. 내 생각에는 변호사의 그런 발언 방법 때문에 내가 이 사건에서 배제되고, 나는 아무것도 아니며, 또 어떻게 보면 변호사가 나를 대신하게 되었다는 생각이 들었다. 하지만 나는 이미 법정에서 존재감이 없어진 지 오래였다. 게다가 내 변호사도 우스꽝스러워 보였다. 그는 나의 도발적인 언사를 서둘러 변론한 후, 그 역시 검사처럼 내 영혼에 대해 언급했다. 하지만 검사가 변론한 후 일었던 반향을 불러일으킬 정도의 능력은 없는 것 같았다.

"저도 역시 피고의 영혼을 깊숙이 들여다보았습니다. 그런데 검찰 측과 달리 저는 그의 영혼에서 무엇인가를 발견할 수 있었습니다. 그리고 속속들이 읽어낼 수 있었습니다. 마치 이미 펼쳐져 있는 책을 읽듯이 말이죠."

변호사는 내가 선한 사람이며, 직장에서는 바른 사람이자 지칠 줄 모르는 성실한 사람이라고 했다. 모두에게 사랑

받았으며 타인의 고통을 외면할 줄 모른다고도 했다. 그는 나를 있는 힘을 다해 어머니를 모셨던 모범적인 아들이라고 했다. 내가 자력으로는 연로한 어머니를 행복하게 해드릴 수 없게 되자 요양원의 힘을 빌리자고 생각한 것이라는 이야기였다.

"여러분, 저는 요양원에 대한 이런저런 말들이 그렇게나 많이 나올 수 있었다는 데 놀라지 않을 수 없었습니다. 요양원을 지원하고 있는 것이 바로 국가라는 사실을 인지한다면, 이 시설이 얼마나 유용하며 중요한 역할을 하는지 절대로 의심할 수 없을 것입니다."

다만 변호사는 장례식에 관해서 말을 꺼내지 않았는데, 이 부분이 그 변론의 오점이라는 생각이 들었다. 하지만 사족이 많았던 그의 일장연설과 나의 영혼에 대해 할애한 모든 날들과 시간들 때문에, 모든 게 무색의 물처럼 되어버린 느낌이 들어 어지러울 지경이었다.

결국에 내 기억에 남아 있는 것이라고는, 변호사가 변론을 계속하는 동안 거리와 법정을 비롯한 다른 공간들을 통해 내 귀에까지 와닿았던 아이스크림 장수의 나팔 소리뿐이었다. 나는 더 이상 내 것이 아닌 삶 속의 추억들을 떠올렸다. 그때의 삶 속에는 너무나도 사소하지만 절대로 잊을 수 없는 기쁨들이 담겨 있었다. 여름의 냄새, 내가 좋아했던 지역, 어느 저녁의 하늘, 마리의 웃음과 원피스들이 생각났다. 그러자 지금 이곳에서 내가 하고 있는 쓸데없는 모든 것들이 목구멍으로 치밀었고, 어서 빨리 끝나 감방으로 돌아가 잠을 자고만 싶어졌다. 변호사의 외침 소리만 어렴풋이 들려올 정도였다. 길을 잃고 헤매고 있는 성실한 근로자를 자칫 잘못 생각해서 죽음으로 내모는 일은 배심원들이 원하는 바가 아닐 거라면서, 내가 앞으로도 영원히 양심의 가책이라는 짐을 지고 가야 할 텐데 이것으로도 이미 확실한 형벌이 될 테니 정상참작을 해달라고 이야기하고 있었다. 법정은 공판을 중지했고 내 변호사는 맥이 빠진 듯 자리에 앉았다. 그러자 그의 동료들이 다가와 그의 손을 잡아주었다. "정말 잘했어"라는 말이 들렸다. 그들 중 한 사람은 나에게까지 "그렇죠?"라고 하면서 동의를 구했다. 그렇다고 하기는 했지만 진심은 아니었다. 나는 정말이지 너무 피곤했기 때문이다.

바깥은 어느새 해가 기울었고 더위도 한풀 꺾여 있었다. 거리에서 들려오는 소리들로 저녁의 평온함을 짐작할 수 있었다. 우리는 모두 법정에서 기다렸다. 이 모든 사람들이 오직 나 한 사람에 대한 일 때문에 대기 중이었다. 나는 법정을 바라보았다. 모든 것이 첫날과 같은 상태였다. 회색 재킷을 입은 기자, 로봇 같던 그 여자와 눈이 마주쳤다. 그 순간, 재판이 진행되는 동안 내가 마리를 한 번도 쳐다보지 않았다는 사실이 떠올랐다. 마리를 잊은 것은 아니었지만 할 일이 너무 많았다. 셀레스트와 레몽 사이에 앉아 있는 그녀의 모습이 보였다. 그녀는 나를 향해 "이제 끝났어"라고 말하듯 작은 손짓을 했고 긴장한 얼굴로 미소를 짓고 있었다. 하지만 나는 가슴이 꽉 막힌 것처럼 답답했기 때문에 그녀의 미소에 답해줄 수가 없었다.

재판이 다시 열렸다. 배심원들에게 일련의 질문들이 아주 빠르게 낭독되었다. '살인죄' '계획적 범죄' '정상참작'과 같은 단어들이 들렸다. 배심원들이 나갔고, 나는 전에도 대기했던 방으로 안내되었다. 내 변호사는 나를 따라왔는데 매우 수다스러웠고, 그 어느 때보다 더욱 자신 있고 다정한 태도로 말했다. 그는 모든 것이 잘될 것이며, 몇 년 동안의 금고나 징역을 치르면 된다고 생각하고 있었다. 나는 변호사에게 혹시 불리한 판결이 나면 이를 다시 뒤집을 기회가 있느냐고 물었다. 그는 그럴 수 없다고 했다. 그가 택한 전략은 법률적인 주장을 제기하지 않음으로써 배심원들의 심기를 건드리지 않겠다는 것이었다. 그는 아무 이유 없이 판결을 파기하지 않는다고 설명해주었다. 내 생각에도 틀린 말은 아닌 것 같았기 때문에 납득이 갔다. 냉정하게 따져보면 너무나도 당연한 것이었다. 그렇지 않다면 무용지물의 서류들만 너무 많아질 테니까 말이다.

"뭐 그래도 항소는 할 수 있겠죠. 하지만 이번 결과가 좋을 거라고 생각합니다."

아주 오랫동안 대기해야 했다. 거의 사십오 분은 기다렸던 것 같았다. 마침내 종이 울렸다. 변호사는 자리를 떠나며 나에게 이렇게 말했다.

"배심원 대표가 평결을 낭독할 거예요. 판결이 선고될 때 들어오시면 돼요."

문소리가 들렸다. 사람들이 계단을 뛰어다니는 소리가 들렸지만 나와 가까이 있는지 혹은 멀리 있는지 가늠이 되지 않았다. 그리고 법정에서 나직한 목소리로 무엇인가를 읽는 소리가 들렸다. 또 한 번 종이 울리자 피고석의 문이 열렸고 법정의 고요함이 나를 향해 달려들었다. 그 젊은 기자가 나의 눈을 피하는 것을 보니 기분이 묘했다. 나는 마리가 있는 쪽을 쳐다볼 수 없었다. 그럴 만한 시간이 없었다. 왜냐하면 재판장이 이상한 말투로 내가 프랑스 국민의 이름으로 광장에서 목이 잘리게 될 거라고 말했기 때문이다. 그 순간, 모든 얼굴들이 어떤 감정을 드러내고 있는지 알 것 같았다. 그것은 배려였다고 믿는다. 경관들은 나에게 아주 친절했다. 변호사는 내 손목 위에 그의 손을 올렸다. 나는 아무 생각도 하지 않고 있었다. 그런데 재판장이 나에게 더 할 말이 있느냐고 물었다. 나는 잠자코 생각해보았다. 그리고 대답했다.

"없습니다."

나는 그렇게 또 끌려나왔다.

5장

형무소 부속 사제가 면회를 왔지만 세 번째 면회 신청도 거절했다. 할 말도 없었거니와 말하고 싶지도 않았다. 하지만 곧 만나게 될 것 같기는 하다. 지금 나의 관심사는 기계 장치에서 벗어나는 것이며, 피할 수 없는 것으로부터 빠져나갈 길이 있는지를 알아보는 일이다. 나는 감방이 바뀌었다. 지금 이 방에서는 누우면 하늘이 보인다. 오직 하늘만 보인다. 낮에서 밤으로 변해가면서 하늘의 빛깔이 점점 사라지는 모습을 지켜보는 것으로 하루하루가 간다. 나는 머리 뒤로 손을 괴고 누운 채 기다린다. 사형수들 중에 이 냉혹한 기계 장치에서 벗어났던 예가 있었을까, 사형을 집행하기 전에 사라지거나 경관들을 피해 도망갔던 이들은 없었을까, 혼자서 몇 번을 생각해봤는지 모르겠다. 그럴 때마다 나는 사형 집행에 대한 이야기에 더 주의를 기울였어야 했다는 생각에 후회를 했다. 이런 문제에는 늘 관심을 가져야 한다. 무슨 일을 당하게 될지 아무도 모르는 법이니까. 나 역시도 신문 기사를 읽은 적이 있었다. 이와 관련된 특별한 책들이 분명히 있었을 텐데 나는 들추어볼 생각조차 하지 않았다. 어쩌면 그런 책들 중에 탈출에 관한 이야기가 있었을지도 모를 일이다. 최소한 한 번쯤은 바퀴가 멈춰버리는 바람에 얻은 우연과 기회로, 저항할 수 없는 사전 모의임에도 무엇인가를 바꾸었던 사례를 발견했을 수도 있다. 단 한 번! 어떻게 보면 그 한 번만으로도 족했을 거라는 생각이 든다. 그 나머지는 내 마음으로 보완할 수 있었을 것이다. 신문들은 사회에 진 부채에 대해 이러쿵저러쿵 말할 때가 많았다. 그 부채를 갚아야 한다고 주장한다. 하지만 이러한 주장은 상상력을 불러일으키지 못한다. 중요한 것은 탈출의 가능성, 가혹한 의식 밖으로의 도약, 희망에 대한 기회를 제약 없이 제공해줄 광란의 질주였다. 물론 희망이라고는 해도, 전력으로 질주하다가 길모퉁이에서 날아드는 총탄에 맞아 쓰러지는 데 불과한 것이었다. 아무리 생각해봐도 나에게는 이런 사치를 누릴 기회가 허락될 수 없었다. 모든 것이 나에게 이를 금지했고 기계 장치가 나를 붙들었다.

나의 선의에도 불구하고, 나는 이러한 어쭙잖은 확실성을 받아들일 수 없었다. 왜냐하면 결국 이 확실성의 바탕이 되었던 판결과 그 판결이 선고된 순간부터 조금도 흔들리지 않던 전개 과정 사이에는 말도 안 되는 불균형이 있었기 때문이다. 판결문이 오후 다섯 시가 아니라 오후 여덟 시에 낭독되었다는 사실, 이 판결문이 완전히 다른 내용이 될 수도 있었을지 모른다는 사실, 속옷을 갈아입는 사람들로 말미암아 결정되었다는 사실, 프랑스 국민(혹은 독일 국민이나 중국 국민)이라는 너무나도 모호한 개념으로 선고되었다는 사실. 이 모든 사실들이 이러한 결정의 근엄함을 훼손하는 것 같았다. 그런데 선고가 내려진 순간부터 나는 그 판결이 지금 내 육체를 짓누르고 있는 이 벽의 존재만큼이나 진지하고 분명하다는 사실을 인정할 수밖에 없었다.

그럴 때 나는 엄마가 해주었던 아버지에 대한 이야기를 떠올렸다. 나는 아버지를 보지 못했다. 이 남자에 대해 정확하게 알고 있는 것이라고는 엄마가 그때 이야기해주었던 내용이 다였을 것이다. 아버지는 어느 살인범의 사형이 집행되는 것을 보러 갔었다. 그것을 보러 간다는 생각만으로도 아버지는 몸이 아팠다. 그럼에도 사형 집행장으로 갔고 집으로 돌아와서는 아침에 먹었던 것을 게워냈다. 그 이야기를 들었을 때 그런 아버지가 조금 역겨웠다. 지금은 이해가 갔다. 너무 당연한 일이었다. 사형 집행보다 중요한 것은 아무것도 없으며, 이것만큼 사람들의 흥미를 불러일으키는 것이 없다는 사실을 그때는 왜 몰랐을까? 만약 이 감옥에서 나갈 수만 있다면, 나는 사형 집행이라면 죄다 보러 다닐 것이다. 그런 가능성을 떠올려보는 것만으로도 그것이 잘못이었다는 생각이 든다. 어느 이른 아침에 경관의 감시를 벗어나 형무소 저편에서 자유로이 있는 내 모습을 상상하기만 해도, 사형 집행을 보러 갔다가 구역질을 하는 관객이 된다고 상상하기만 해도 마치 독약과도 같은 기쁨의 물결이 마음속에서 밀려 올라오기 때문이다. 그러나 이것은 이성적이지 않았다. 이런 가정에 빠지는 것은 잘못이었다. 그런 상상을 한 후 너무 처절한 한기가 몰려와 이불 속에서 몸을 잔뜩 웅크리고 있어야 했기 때문이다. 턱까지 달달 떨릴 정도였다.

그런데 물론 항상 이성적일 수는 없다. 예를 들자면, 법안을 만들어보기도 했다. 형법 제도를 개혁하는 것이다. 사형수에게 기회를 주는 것이 핵심이었다. 천 번에 딱 한 번이면, 여러 일들을 해결하기에 충분했다. 그러면 환자가(나는 '환자'라고 생각했다) 약을 복용하면 열 번에 아홉 번만 죽는 화학적 배합을 발견해낼 수 있을 것 같았다. 단, 환자도 스스로 이 사실을 알아야 할 것이다. 이게 조건이다. 가만히 잘 생각해보면, 단두대를 사용하면 단 한 번의 기회조차 절대 허용되지 않는다는 것이 문제다. 딱 한 번으로 환자의 죽음이 결정된다. 이미 결정된 바꿀 수 없는 조치이며, 기정사실화되어 취소할 수가 없다. 정말 예기치 않게 단두대 칼날이 빗나가는 일이 생긴다 할지라도 그냥 다시 하게 될 뿐이다. 사형수 입장에서는 참 서글프게도 기계가 고장 나지 않고 제대로 작동되어 주기만 바랄 뿐이다. 이게 바로 결함이라는 이야기다. 어떤 의미에서는 이게 사실이다. 하지만 또 다른 의미로는 훌륭한 조직이 될 수 있는 비결이 바로 여기에 있다는 사실을 인정할 수밖에 없었다. 요컨대, 사형수는 의무적으로 정신적인 협력을 해야 한다. 사고 없이 모든 게 순조롭게 진행되어야 그에게도 좋은 것이다.

나는 지금껏 이러한 문제들에 대해 정확하지 못한 생각들을 가지고 있었다는 사실을 인정해야 했다. 왜 그랬는지 모르겠지만 나는 오랫동안 단두대에서 처형을 당하려면 계단을 밟고 올라가야 한다고 생각했다. 그건 아마도 1789년 혁명 때문인 것 같다. 이런 문제에 대해 나에게 가르쳐주고 보여주었던 모든 것들 때문인 것이다. 그러나 어느 날 아침, 나는 큰 반향을 일으켰던 사형 집행이 있었을 때 신문에 실렸던 사진 한 장이 기억났다. 실제로 기계는 바닥에 놓여 있었는데 너무나 간단해 보였다. 내가 생각했던 것보다 훨씬 좁았다. 더 일찍 이런 생각을 하지 못했던 게 이상했다. 신문 속 사진을 보니 기계는 정밀했고 완벽했으며 번쩍이는 모습이 참 인상적이었다. 사람은 자신이 알지 못하는 것에 대해서는 과장해 생각하는 경향이 있다. 기계는 생각했던 것보다 정말 단순했다. 그것을 향해 걸어가는 사형수와 같은 높이에 놓여 있었다. 사람을 만나려고 걸어가다 보면 기계와 마주하게 되는 것이다. 이런 점 역시 서글펐다. 단두대를 향해 올라가는 것을 하늘로 승천하는 것으로 상상할 수도 있을 텐데 말이다. 그런데 기계 때문에 이런 모든 상상력이 짓밟힌다. 수치스러운 것도 잠깐, 아주 정확하게 어느새 목숨이 끊어지고 마는 것이다.

계속 내 머릿속을 떠나지 않던 두 가지가 있었다. 새벽과 항소였다. 하지만 나는 이성으로 스스로를 통제하려고 애쓰면서 그 두 가지를 생각하지 않으려고 했다. 누워서 하늘을 바라보면서 거기에 몰두해보려고 노력했다. 하늘이 초록색이 되면 저녁이었다. 그리고 생각을 전환하려고도 애썼다. 내 심장 소리를 듣기도 했다. 오래전부터 나와 함께해왔던 이 소리가 멈춘다는 것은 상상하기 힘들었다. 나는 진정한 상상력을 지녀본 적이 없었던 것이다. 그럼에도 이 심장의 소리가 더 이상 지속되지 않는 그 어떤 순간을 떠올려보려고 노력했다. 소용없었다. 새벽은 물론 항소 역시 거기에 있었다. 결국 나는 내 마음을 억누르지 않는 것이 가장 합리적이라는 결론을 내렸다.

그들이 새벽에 온다는 것을 알고 있었다. 나는 그 새벽을 기다리며 밤을 보낸 셈이었다. 예고도 없이 당하는 게 싫었다. 무슨 일이 생긴다면 마음의 준비를 하고 있는 게 더 좋다. 그래서 나는 낮 시간에만 조금 자고 밤에는 새벽빛이 천장 유리창 위로 환하게 밝아오기만을 기다리며 시간을 보냈다. 가장 힘들었던 것은 평소에는 그들이 일하러 오는 시간이라는 것을 알고 있는데 왠지 의심스러울 때였다. 자정이 지나면 나는 기다리면서 동정을 살폈다. 나는 그렇게 많은 소리와 그처럼 작은 소리들에 귀를 기울여본 적이 없었다. 게다가 그동안 정말 운이 좋았던 것은 발소리가 한 번도 들리지 않았다는 점이었다. 엄마는 사람이 마냥 불행하기만 하란 법은 없다는 말을 종종 했다. 하늘이 환해지고 또다시 새로운 하루가 나의 감방을 비추기 시작할 때, 나는 엄마의 말이 옳다는 생각이 들었다. 만약 발소리를 들었더라면 내 심장은 터져버렸을 수도 있기 때문이다. 아주 작은 소리라도 발소리가 나는 것 같으면 당장에 문으로 달려가 나무판자에 귀를 대고 하염없이 기다렸다. 그러다 보면 내 숨소리가 들려왔는데 마치 턱 끝까지 숨이 차오른 개의 숨결 같아서 깜짝 놀랄 때도 있었다. 그래도 내 심장은 터지지 않았고 나는 그렇게 또 하루를 벌 수 게 되는 것이었다.

낮 동안에는 항소만 생각했다. 그렇게 생각에 몰두한 끝에 최고의 해결책을 이끌어냈다고 믿는다. 효과를 잘 따져보고 깊이 고민해본 뒤 최상의 효율을 얻는 것이다. 나는 항상 최악을 가정해보았다. 항소가 기각되는 경우 말이다.

"그래, 그러면 죽게 되는 거지."

다른 사람들보다 먼저 죽는 건 분명한 사실이었다. 하지만 모든 사람들이 인생은 살 만한 가치가 없다는 것을 안다.

서른 살에 죽든 예순 살에 죽든 결국에는 다 죽게 된다는 것
도 모르지 않는다. 어떤 경우라도 그후에는 다른 남자와 여
자들이 살아가게 될 테고, 수천 년 동안 그런 식일 것이다.
이보다 더 분명한 것은 없다. 지금이 됐든 이십 년 후가 됐
든 죽게 될 것은 어차피 나다. 이런 내 이성적 고찰을 조금
방해하는 것이 있었는데, 추후 이십 년 동안의 삶을 떠올려
볼 때면 가혹할 정도로 마음이 요동친다는 것이었다. 하지
만 이십 년 뒤에 같은 상황에 처하게 된다면 내가 무슨 생각
을 할지 상상해보면서 그런 마음의 동요를 억누르면 될 일
이었다. 죽는 건 자명한 사실인데 어떻게 죽느냐, 언제 죽느
냐는 중요하지 않다. 그건 명백했다. 그러므로(이 '그러므로'
가 의미하는 모든 추론들을 잊지 않는 것은 어려웠다), 그러므로
나는 항소의 기각을 받아들여야 했다.

그때 비로소 나는 두 번째 가정을 생각해볼 수 있는 권리
를 갖게 되었다. 더 정확하게 말하자면 나 자신에게 허락한
것이었다. 두 번째 가정이란, 내가 사면을 받는 것이었다.
그런데 이런 가정을 해보면 너무나도 기쁜 나머지 피가 솟
구치고 육체가 요동치는 바람에 눈이 찔리는 느낌까지 들
정도여서 이를 억누르려니까 힘들었다. 이런 감정을 애써
잠재우고 이성적으로 생각해보기 위해 최대한 노력해야 했
다. 첫 번째 가정을 포기했던 것을 더 잘 납득하려면, 이 두
번째 가정에도 들뜨지 말아야 했다. 그럴 수 있게 되었을 때

한 시간쯤 마음의 평정을 누릴 수 있었다. 어쨌든 이 정도로도 대단한 것이었다.

내가 또 부속 사제의 면회 신청을 거절했던 게 바로 그때쯤이다. 나는 누워서 하늘이 황금빛으로 물들어가는 것을 바라보며 여름 저녁이 다가오고 있음을 느끼고 있었다. 내가 항소를 거부한 직후였는데, 내 몸속에서 혈액이 규칙적으로 순환하며 일렁이고 있음을 느낄 수 있었다. 굳이 사제를 만날 필요가 없었다. 정말 오랜만에 마리 생각을 했다. 처음이었다. 마리가 편지를 보내지 않은 지 오래였다. 그날 저녁에 나는 그 이유를 깊이 고민해보았고, 아마도 마리가 사형수의 정부로 지내는 데 지친 것 같다는 결론을 내렸다. 어쩌면 몸이 아프거나 죽었을지도 모른다는 생각도 들었다. 충분히 있을 법한 일이었다. 이제 서로 몸이 떨어져 있어 우리를 연결해주고 서로를 떠올리게 해주는 것이 아무것도 없으니 내가 그 사정을 어찌 알 수 있었겠는가? 정말 그렇다면, 이제부터 마리를 떠올리는 일은 나에게 아무 의미가 없을 터였다. 만약 마리가 세상을 떠났다면 나는 그녀에게 더 이상 관심을 가지지 않을 것이었다. 당연한 일이었다. 내가 죽고 난 뒤 사람들이 나를 잊으리라는 사실도 충분히 이해할 수 있었으니까 말이다. 죽고 나면 사람들은 나와 아무런 관련이 없어진다. 생각하는 것만으로도 고통스럽다는 이야기도 할 수 없었다.

바로 그때, 사제가 들어왔다. 그를 보자 나는 몸이 조금 떨렸다. 사제가 그런 내 모습을 보고는 두려워하지 말라고 했다. 그에게 원래는 다른 시간에 오지 않았느냐고 하니, 이번 면회는 순수하게 우정 어린 방문이고 나의 항소와는 무관하며 아는 것도 없다고 했다. 그는 내 침대 위에 앉은 뒤 나에게 가까이 와서 앉으라고 했지만 나는 거절했다. 그럼에도 그는 매우 따뜻한 사람인 것 같았다.

사제는 잠시 무릎에 팔꿈치를 괸 채 고개를 숙이고 자기 손을 바라보았다. 그의 손은 가늘었지만 힘줄이 도드라져 있어 마치 날렵한 동물 두 마리를 보는 것 같았다. 사제는 느리게 두 손을 비볐다. 그러고는 계속 머리를 숙인 채 잠자코 앉아 있었다. 그가 너무 오랫동안 그 상태로 있었기 때문에 그가 이곳에 없는 것 같은 느낌이 들었다.

그런데 그가 갑자기 고개를 들더니 나를 똑바로 쳐다보며 물었다.

"왜 제 면회를 거부하는 거죠?"

나는 하느님을 믿지 않는다고 대답했다. 그는 그 사실을 정말 확신할 수 있느냐고 물었고, 나는 스스로에게 굳이 물어볼 필요가 없다고 말했다. 왜냐하면 나에게 그리 중요한 문제가 아니라고 생각했기 때문이다. 그러자 사제는 몸을 뒤로 젖혀 벽에 등을 기대고는 두 손을 펴 허벅지 위에 올렸다. 그는 사람은 스스로 확신한다고 생각하지만 사실은 그렇지 않다고 말했다. 그런데 이상하게도 그가 나에게 말하는 게 아닌 듯한 느낌이 들었다. 나는 아무런 대꾸도 하지 않았다. 그가 나를 바라보며 물었다.

"어떻게 생각하시나요?"

나는 그럴 수도 있겠다고 대답했다. 어쨌든 나는 실제로 나의 관심을 끄는 게 무엇인지 확신하지 못할 수는 있겠지만, 내 관심을 끌지 못하는 것이 무엇인지는 분명하게 확신할 수 있었다. 그리고 그가 나에게 하는 이야기에도 나는 흥미가 없었다.

그는 여전히 같은 자세로 앉아 내게로 시선을 돌리고는 너무 절망한 나머지 그렇게 말하는 것이냐고 물었다. 나는 절망하지 않았다고 설명했다. 단지 두려울 뿐이며, 이건 지극히 자연스러운 일이라고 했다.

"하느님이 당신을 도우실 거예요. 당신과 같은 상황이었던, 내가 만났던 사람들도 모두 하느님께로 돌아갔지요."

그게 그들의 권리라는 건 나도 인정할 수 있었다. 그런데 그건 그들이 그렇게 할 만한 시간적인 여유가 있었음을 증명해주는 것이기도 했다. 나는 도움을 받기도 싫었고, 관심 없는 것에 관심을 가질 시간도 없었다.

그때 그가 짜증이 난다는 듯 손짓을 했다. 하지만 금세 몸을 일으키고 옷의 주름을 폈다. 그러고는 나를 '친구'라고 지칭하면서 이야기를 시작했다. 나를 그렇게 부르는 게 내가 사형 선고를 받았기 때문은 아니라고 했다. 그는 우리 모두가 사형수라고 생각한다고 했다. 그래서 내가 그의 말에 끼어들면서, 그렇다고 하더라도 모두가 사정이 같은 건 아니며, 그런 말이 위로가 되지는 않는다고 대꾸했다. 그는 내 말에 동의하면서도 이렇게 말했다.

"물론 그렇기는 하죠. 그런데 당신은 오늘 당장 죽지는 않는다고 해도 어차피 언젠가는 죽게 되죠. 그러면 그때도 같은 문제가 생길 거예요. 그 끔찍한 고난을 어떻게 감당하려고 그러세요?"

나는 지금과 똑같은 방식으로 감당해낼 거라고 대답했다.

이 말에 그는 자리에서 일어나 내 눈을 똑바로 쳐다보았다. 그것은 내가 잘 알고 있던 장난이었다. 에마뉘엘이나 셀레스트와 이런 식으로 자주 놀고는 했었는데 결국 그들이 눈을 피하는 경우가 많았다. 사제 역시 이 놀이를 잘 알고 있다는 것을 나는 금방 알 수 있었다. 그의 시선은 전혀 흔들리지 않았다. 그리고 나에게 말하는 그의 목소리도 전혀 떨림이 없었다.

"그렇다면 당신은 아무런 희망도 없이 오로지 죽는다는 생각만 하면서 지내는 건가요?"

"네."

내가 대답했다.

그러자 그는 고개를 숙이고는 다시 자리에 앉았다. 그는 내가 불쌍하다고 하면서, 그렇게 사는 것은 인간으로서 정말이지 견디기 힘든 일이라고 했다. 나는 이제 이 사제가 귀찮아지기 시작했다. 나는 뒤로 돌아 하늘이 보이는 창 아래로 갔다. 그냥 벽에 어깨를 기대고 있었다. 그가 불안하고 절박한 목소리로 말하고 있었다. 그는 감정적으로 격해져 있는 것 같았다. 그의 말에 조금 더 귀를 기울여보았다.

그는 나의 항소가 수락될 것이라고 확신한다면서도 내가 지고 있는 죄의 무게를 내려놓아야 한다고 말했다. 인간의 심판은 아무 의미가 없으며, 오직 하느님의 심판만 필요하다고 했다. 내가 나에게 사형을 선고한 것은 인간이라고 지적하자, 그것만으로는 나의 죄를 깨끗하게 할 수 없다고 말했다. 나는 죄가 뭔지 모른다고 했다. 사람들이 나에게 범인이라고 알려주었을 뿐이었다. 나는 죄를 지었고, 그 죗값을 치르고 있으며, 더 이상 아무것도 나에게 요구할 수 없을 거라고 말했다. 그러자 사제는 또다시 자리에서 일어섰다. 내 감방이 워낙 좁아서 그에게도 선택의 여지가 없기는 했다. 앉든지 일어나든지 둘 중 하나였다.

나는 바닥을 내려다보고 있었다. 사제가 나에게로 한 걸음 다가오더니 멈춰 섰다. 감히 더는 앞으로 나가지 못하는 것 같았다. 그러고는 창살 너머의 하늘을 바라보았다.

"당신 생각이 틀렸어요. 당신에게 그 이상을 요구할 수 있을 거예요. 아마도 그렇게 할걸요."

사제가 말했다.

"무엇을 요구한다는 거죠?"

"보아야 해요."

"뭘 보아야 한다는 거죠?"

사제가 주위를 살피더니 갑자기 매우 피로한 듯한 목소리로 말했다.

"이 모든 돌들이 고통스러워 땀을 흘리고 있어요. 나는 그걸 알죠. 이들을 바라볼 때면 항상 고통이 느껴져요. 나는 마음속 깊이 잘 알고 있답니다. 당신 같은 사람들 중 제일 비참한 사람도 이 돌들의 암흑 속에서 나타난 하느님의 얼굴을 보았다는 걸요. 당신이 보아야 할 건 바로 그 얼굴이랍니다."

나는 조금 흥분이 되었다. 이 커다란 벽들을 들여다본 지 몇 개월은 되었다고 이야기했다. 내가 세상에서 이들보다 더 잘 아는 것, 그리고 더 잘 아는 사람은 없을 거라고 했다. 이 벽에서 얼굴을 찾으려고 애쓴 지는 꽤 오래되었을 것이다. 하지만 그 얼굴은 태양의 색깔과 욕망의 불길을 가지고 있었다. 그건 바로 마리의 얼굴이었다. 그 얼굴을 찾으려던 노력은 결국 헛수고였다. 이제는 이미 끝난 일이었다. 그리고 어쨌든 나는 고통으로 땀을 흘리고 있는 이 돌들에서 아무것도 보지 못했다고 했다.

사제는 슬픈 얼굴로 나를 바라보았다. 내가 벽에 완전히 기대고 있었기 때문에 내 이마 위로 빛이 비추었다. 그가 무어라고 몇 마디 했는데 나는 알아듣지 못했다. 그러더니 그는 매우 빠른 말투로 나를 안아주어도 되겠느냐고 물었다. 나는 "아니오"라고 대답했다. 사제를 뒤로 돌더니 벽 쪽으로 가 조심스레 그 위에 손을 올리고는 "그러니까 이 땅이 그 정도로 좋은가요?"라고 물었다. 나는 아무 대답도 하지 않았다.

사제는 꽤 오랫동안 나를 등지고 있었다. 그와 함께 있는 것만으로도 나는 부담이 되었고 성가셨다. 그에게 이제 그만 가달라고 말하려는데 그가 뒤를 돌아보며 갑자기 소리를 질러댔다.

"아니, 나는 당신 말을 믿을 수 없어요. 당신이 다른 삶을 바랐을 거라고 확신할 수 있어요."

그것은 당연했다. 하지만 부자가 되고 싶다거나 수영을 빨리 하고 싶다거나 입이 조금 더 잘생겼으면 하고 바라는 것 이상의 의미는 없었다고 말했다. 그런데 그는 내 말을 다 듣지도 않은 채 내가 꿈꾸었던 다른 삶이 어떤 것이냐고 물었다. 그래서 나는 "지금 이 삶을 추억해볼 수 있는 삶을 꿈꾸었습니다!"라고 소리쳤다. 그러고는 이제 더 이상 이런 이야기는 듣고 싶지 않다고 말했다. 사제는 하느님에 대한 이야기를 더 하고 싶어했지만 나는 그에게 다가가 내게 남아 있는 시간이 얼마 없다고 마지막으로 한 번 더 설명해주려고 했다. 나는 하느님 때문에 시간을 잃고 싶지 않았다. 그러자 그는 화제를 돌리려고 나에게 왜 자기를 '아버지*'라고 부르지 않고 '당신**'이라고 부르냐고 물었다. 나는 너무 화가 나서 당신은 내 아버지가 아니며, 다른 사람들과 같은 편이라고 대답했다. 그러자 그가 내 어깨에 손을 올리며 말했다.

"나의 아들이여, 그게 아닙니다. 나는 당신과 함께 있어요. 당신 마음의 눈이 멀어서 알지 못할 뿐이죠. 당신을 위해 기도하겠습니다."

그 순간, 정말 왜 그랬는지 모르겠지만 내 마음속에서 무엇인가가 터져버렸다. 나는 고래고래 소리를 지르기 시작했고, 사제를 모욕하고 기도도 하지 말라고 말했다. 나는 사제의 멱살을 움켜쥐었다. 나는 환희와 분노로 뒤엉킨 채 마음속의 모든 것을 그에게 쏟아내며 울부짖었다. 그는 한껏 자신만만해했다. 왜 안 그러겠는가? 하지만 그의 확신은 여자의 머리카락 한 올만큼의 가치도 없다. 그는 죽은 사람처럼 살았기 때문에 살아 있다고 확신하지도 못했다. 그와 반대로 나는 빈손을 가진 것 같지만 나는 나에 대해 확신했고, 모든 것에 대해 확신했으며, 내 삶과 곧 닥칠 죽음에 대

---

* mon pere, 프랑스에서 사제를 부를 때 쓰는 말로 '신부님'이라는 뜻도 있지만 '아버지'라는 뜻도 있다.

** monsieur, 남성인 상대방을 예절 바르게 부를 때 쓰는 말이다.

해 그보다 더 확신하고 있었다. 그랬다, 나는 그것뿐이었다. 그래도 적어도 그 진실이 나를 붙들고 있는 만큼 나도 진실을 붙들었다. 내가 옳았다. 내가 계속 옳았고, 항상 옳았다. 나는 이런 식으로 살았지만, 또 다르게도 살 수 있었을 것이다. 나는 이것을 했고, 저것은 하지 않았다. 나는 그런 것은 하지 않았지만, 저런 것은 했다. 그런데 그래서 뭐가 어떻다는 말인가? 나는 줄곧 이 순간과 내 무죄가 증명될 저 새벽을 기다려온 것 같았다. 아무것도, 아무것도 중요하지 않았고, 나는 그 이유를 잘 알고 있었다. 사제 역시 알고 있었다. 내가 살아왔던 이 모든 부조리한 삶 내내, 내 미래의 깊숙한 곳에서부터 아직 오지 않은 수년의 시간들을 지나 어두운 바람이 나를 향해 불어왔던 것이었다. 이 바람은 내가 살아왔던 것보다 더 현실적일 것도 없는 세월 동안 내게 주어졌던 모든 것들을 비슷비슷하게 만들었다. 다른 사람들의 죽음, 엄마의 사랑, 그런 게 뭐가 중요하다는 말인가? 그의 하느님, 사람들이 선택하는 삶, 그들이 정하는 운명, 도대체 무엇이 중요하다는 건가? 단 하나의 숙명만이 나 자신을 골라야 했고, 나와 더불어 사제처럼 나의 형제라고 생각하는 수없이 많은 특권자들을 선택해야 했던 것이었다. 그는 이해할까? 자, 이제 그는 이해할까? 사람들은 모두 특권이 있다. 이 세상에는 특권을 가진 사람들밖에 없는 것이다. 다른 사람들도 언젠가 사형 선고를 받을 수 있을 것이다. 그 역시도 사형 선고를 받을지 모른다. 혹시 그가 살인범으로 고발되었는데 어머니의 장례식에서 눈물을 흘리지 않았다고 처형을 당한다 해도 그게 그리 중요한가? 살라마노 영감의 개는 그의 아내만큼이나 가치가 있다. 로봇 같던 그 여자도, 마송의 아내인 그 파리 여자도, 나와 결혼하고 싶어하던 마리도 전부 다 죄인이다. 셀레스트가 레몽보다 더 나은 사람이지만, 셀레스트가 내 친구든 레몽이 내 친구든 뭐가 그렇게 중요한가? 마리가 오늘 또 다른 뫼르소에게 입술을 허락한다고 해도 그게 뭐가 어떻다는 건가? 그러니까 그 사형수는 이해할까? 내 미래의 저 깊숙한 곳으로부터……. 나는 이 모든 이야기들을 외치느라 숨이 찼다. 사제는 이미 사람들의 도움으로 내 손아귀에서 벗어났고 간수들이 나를 위협했다. 그런데 사제가 그들을 달래고는 나를 가만히 쳐다보았다. 그의 눈에는 눈물이 한가득 맺혀 있었다. 그는 뒤로 돌아 방을 떠났다.

사제가 나가고 난 뒤, 나는 안정을 되찾았다. 나는 지칠 대로 지쳐서 작은 침대 위로 몸을 던졌다. 눈을 뜨니 얼굴 위로 별들이 떠 있는 걸 보니 내가 잠이 들었던 모양이었다. 들판의 소리들이 나에게까지 들려왔다. 밤과 대지 그리고 소금 냄새가 관자놀이를 시원하게 해주었다. 잠든 여름의 경이로운 평화가 밀물처럼 내 안으로 밀려 들어왔다. 그때, 밤의 경계에서 뱃고동 소리가 울렸다. 이 소리는 이제 나와는 영원히 무관해진 세계를 향한 출발을 알리는 것이었다. 정말 오랜만에 나는 엄마를 생각했다. 엄마가 왜 삶의 끝에서 '피앙세'를 가졌는지, 왜 새로운 삶을 꾸리려고 했는지 이해할 것 같았다. 그곳에서, 생명이 쇠해가는 그 요양원 근처에서도 마찬가지로 저녁은 서글픈 쉼과 같았다. 그렇게도 죽음에 가까운 곳에서 엄마는 자유를 느꼈고, 모든 것을 다시 살아볼 준비를 했던 게 확실하다. 아무도 엄마의 죽음을 슬퍼할 권리는 없는 것이었다. 그리고 나 역시 모든 것을 다시 살아볼 준비가 된 것 같은 기분이 들었다. 마치 이 커다란 분노가 나의 고통을 씻어내고 희망을 비워낸 것처럼 이 신호와 별들로 가득한 밤 앞에서 나는 처음으로 세상의 부드러운 무관심에 마음을 열었다. 세상이 나와 그렇게 닮았다는 사실을, 마침내는 세계와 내가 형제라는 사실을 확인할 수 있었고, 내가 행복했고, 지금도 여전히 행복하다는 것을 깨달았다. 모든 것이 완성되도록, 내가 덜 외로울 수 있도록, 나는 사형이 집행되는 그날에 많은 구경꾼들이 증오의 고함으로 나를 맞이해주기만 바랄 뿐이었다.

허무주의의 경계에서 바라본
인간의 삶과 죽음 그리고 진정한 자유

『이방인(L'Etranger)』은 프랑스 소설가이자 극작가인 알베르 카뮈(Albert Camus)의 장편 소설로 1942년에 출간되었다. 사실 이 작품의 집필은 1940년 6월에 이미 완료되었다고 한다. 당시 프랑스는 제2차 세계대전에서 패한 후 프랑스의 3분의 2가 독일군에게 넘어간 상황이었는데, 북부 프랑스인들은 대부분 남부 프랑스로 이주할 수밖에 없었다. 그즈음 카뮈는 레지스탕스 신문 『콩바(Combat)』의 편집 일을 하고 있었고, 신문사 역시 클레르몽페랑 시로 거점을 옮기기 위해 피난을 가게 되었다. 이때 다행스럽게도 카뮈의 자동차 트렁크에는 『이방인』 원고가 들어 있었고, 그후 시간이 흘러 뒤늦게나마 프랑스 갈리마르 출판사를 통해 출간될 수 있었던 것이다.

『이방인』은 1부의 여섯 개 장, 2부의 다섯 개 장으로 구성되어 있다. 1부는 주인공 뫼르소가 살인을 저지르기까지의 일련의 과정들이 담겨 있으며, 2부는 감옥에서의 생활과 재판을 받는 과정을 보여준다. 그런데 이 작품은 시작 부분부터 다소 당혹스럽다. "오늘, 엄마가 세상을 떠났다. 아니, 어쩌면 어제였을지도 모르겠다"라는 첫 문장은 뫼르소가 엄마의 부고에 대해 마치 남 일처럼 거리를 두고 서술하고 있기 때문이다. 이런 주인공의 시선은 작품 전반에 걸쳐 대부분 유지된다고 볼 수 있다. 마지막 부분인 사제를 향해 소리치며 절규하는 장면에서는 감정적으로는 폭발한 것처럼 보일 수 있겠지만, 이 또한 잘 들여다보면 뫼르소가 세상을 바라보는 시선은 여전히 담담하고 차갑다.

엄마의 죽음, 뫼르소가 아랍인을 살해한 사건 그리고 이로 인해 선고된 사형, 『이방인』은 시작부터 끝까지 '죽음'이라는 주제가 큰 줄기로 관통하고 있는 소설이라고 할 수 있겠다. 그런데 카뮈는 이 죽음에 대한 의미를 찾고자 고민한다기보다, 오히려 죽음을 절대적 진리로 수긍한다. 그 죽음의 방식이 자연사이든, 어떤 이로부터 살해를 당한 것이든, 죄의 대가로 사형을 당하든, 누구든지 죽게 마련이라는 사실을 철저히 수용하고 인정하고 있다.

그렇다면 죽음에 대한 이러한 태도가 전제된 후 인간에

게 남는 것은 무엇일까? 바로 '허무주의'이다.

주인공 뫼르소는 삶의 사건들에 대해 별 의미를 두지 않는다. 엄마의 부고를 접했을 때도 슬퍼하기는커녕 요양원까지 가는 거리를 가늠하면서 그 번거로움에 대해 따지고 회사에 사정을 말해야 한다는 사실을 귀찮아하는 게 먼저이다. 장례식을 치르고 나서도 엄마를 그리워하기보다 지극히 일상적인 삶의 모습, 아니 어쩌면 패륜이라고 손가락질당할 만한 삶의 모습을 보이기도 한다. 뜨거운 햇살이 내리쬐는 해변에서 한가로이 해수욕을 한다든지, 예전에 함께 일했던 마리와 우연히 만나게 되자 그날 밤에는 잠자리까지 한다. 이후 마리가 결혼을 하자는 물음에도 마치 자신의 일이 아닌 듯 그녀를 사랑하지는 않지만 "그녀가 원한다면 결혼을 하겠다"는 말만 연신 해댈 뿐이다.

그렇다면 사형 선고 후의 삶의 태도는 어떠한가? 이전과 별반 다르지 않다. 그를 변호하는 변호사만 변론에 열을 올렸지 그 자신은 재판 자체에 대해서도 한걸음 떨어져 있을 뿐이다.

그렇다면 카뮈는 이 허무주의를 통해 삶에 대한 포기를 이야기하려 했던 것일까? 아니다. 앞서 언급했던 대목인 뫼르소가 사제에게 기도하지 말라며 울부짖는 장면에서 이를 짐작할 수 있다.

"사람들은 모두 특권이 있다. 이 세상에는 특권을 가진 사람들밖에 없는 것이다. 다른 사람들도 언젠가 사형 선고를 받을 수 있을 것이다. 그 역시도 사형 선고를 받을지 모른다. 혹시 그가 살인범으로 고발되었는데 어머니의 장례식에서 눈물을 흘리지 않았다고 처형을 당한다 해도 그게 그리 중요한가?"

카뮈는 죽음이란 모든 사람이 평등할 수 있는 '특권'일 수 있다고 말하고 있다. 누구든, 어떠한 방식이로든 죽을 수밖에 없다는 절대적 진리를 수용한다면, 죽음은 삶의 특권이 되는 것이다. 성인(聖人)이나 죄인, 강자나 약자, 노인이나 어린 아이, 가난한 자나 부자, 인간의 삶의 모습이 어떠하더라도 죽음으로 이른다는 허무주의의 끝에서 우리는 아이러니하게도 삶의 진정한 의미를 발견하고 자유를 누리게 되는 것이다. 이는 뫼르소가 엄마의 요양원에서의 삶을 이해하기 시작하면서 비로소 정점을 찍는다.

"엄마가 왜 삶의 끝에서 '피앙세'를 가졌는지, 왜 새로운 삶을 꾸리려고 했는지 이해할 것 같았다. 그곳에서, 생명이 쇠해가는 그 요양원 근처에서도 마찬가지로 저녁은 서글픈 쉼과 같았다. 그렇게도 죽음에 가까운 곳에서 엄마는 자유를 느꼈고, 모든 것을 다시 살아볼 준

비를 했던 게 확실하다. 아무도 엄마의 죽음을 슬퍼할
권리는 없는 것이었다. 그리고 나 역시 모든 것을 다시
살아볼 준비가 된 것 같은 기분이 들었다."

이처럼 『이방인』은 삶을 아무리 치열하게 살아도 종국에
이르러서는 결국 죽음뿐이라는 허무주의를 통해 오히려 우
리 인간들에게 삶의 희망을 던져주고 있다. 죽음이 삶의 끝
인지 삶의 완성인지, 또는 삶의 실패인지 또 다른 세계의 시
작을 의미하는지 고민하기에 앞서, 죽음이라는 모두에게
평등한 결과를 앞에 두고 우리는 비로소 진짜 자유를 만끽
할 수 있는 것이다.

1913 알제리 몽도비에서 프랑스계 이민자로 태어나다.

1914 제1차 세계대전이 발발하다. 아버지가 징집된 후 전
투 중에 사망하자 어머니가 가정부로 일하며 집안
살림을 꾸려 나가다.

1924 알제의 그랑 리세에 장학생으로 입학하다.

1930 바칼로레아 시험 제1부에 합격하여 가을에 철학과
에 입학하다. 여기에서 그의 인생에 큰 영향을 미친
철학 교사 장 그르니에(Jean Grenier)를 만나다.

1932 『쉬드(Sud)』지에 「새로운 베를렌」을 위시한 4편의
글을 발표하다. 바칼로레아 제2부에 합격하다. 그랑
제콜 입시 준비반 1학년에 들어가다.

1933 건강상의 이유로 대학 교수가 되려는 꿈을 접고 알

제 문과대학에서 계속 수학하며 다시 장 그르니에와 르네 푸아리에의 강의를 수강하다.

1934 안과의사의 딸이자 자유분방한 성격의 시몬 이에 (Simone Hie)와 결혼하다.

1935 산문 『안과 겉(L'envers et l'endroit)』 집필 후 철학 학사 학위를 취득하다. 각종 기록과 작품에 대한 메모를 모은 『작가수첩』을 쓰기 시작하다. 프레맹빌과 장 그르니에의 설득에 따라 공산당에 입당하다. 친구들과 '노동극단'을 창단하다.

1936 시몬과 이혼하다. 라디오 알제 극단의 배우로 발탁되어 활동하다.

1937 폐결핵 치료와 요양을 위해 파리, 마르세유를 거쳐 알프스, 이탈리아를 여행한 후 알제리로 돌아오다. 공산당을 탈퇴하고 노동극단을 해체하다.

1938 산문집 『결혼(Noces)』을 완성하고, 장차 『이방인』에 활용될 단편적인 텍스트들을 작가수첩에 메모하다.

1940 파리의 『파리 수아르』 편집부에서 일하다. 독일군의 파리 점령이 임박하자 클레르몽페랑으로 피난하다. 리옹에서 프랑신 포르(Francine Faure)와 두 번째 결혼하다.

1941 물질적으로 어려운 가운데 사립학원에서 강사 생활을 하다. 전염병 장티푸스가 알제리 오랑 지역에 창

궐해 소설『페스트(La peste)』의 창작에 부분적인 영향을 끼치다. 갈리마르 출판사 편집위원회가 소설『이방인』의 출판을 결정하다.

1942 5월『이방인』, 10월『시지프 신화(Le mythe de Sisyphe)』가 출판되다.

1943 비밀 지하 신문『콩바(Combat)』의 활동에 가담하게 되고, 이듬해 신문 편집국의 주된 책임을 담당하다.

1944 비극적 이야기를 각색한 희곡『오해』와『칼리굴라』를 출판하다.

1945 에세이『독일 친구에게 보내는 편지』를 출판하다.

1947 『페스트』를 출간하여 상업적으로 성공을 거둘 뿐만 아니라 비평가상을 수상하다.

1948 희곡『계엄령』을 발표하다.

1951 대표적인 시론(試論)『반항하는 인간』을 출판하다. 이 책은 좌파 계열의 지식인들과 논쟁을 일으켰고, 특히 이 책을 통해 사르트르와 철학적으로 결별하게 된다.

1954 소설『여름』을 출판하다.

1956 소설『전락(La chute)』을 출판하다.

1957 '오늘날 인간의 의식에 제기되는 제반 문제들을 조명한 작품 전체에 대한' 노벨문학상을 수상하다.

1960 파리로 향하던 중 자동차 사고로 사망하다.

옮긴이 **김혜영**

이화여자대학교 통번역대학원에서 한불 번역을 공부한 후 여러 공공기관에서 통번역 활동을 했으며, 출판사에서 기획편집자로 일했다. 현재 번역 에이전시 엔터스코리아에서 출판 기획 및 전문 번역가로 활동 중이다. 옮긴 책으로는『완벽한 여자를 찾아서』『이 책 두 챕터 읽고 내일 다시 오세요』『엄마의 용기 : 세상에서 가장 위대한 유산』등이 있다. 더불어 한불 번역으로 한강의 단편 소설『아홉 개의 이야기』가 있으며, 프랑스에서 출간된 한국 단편소설집『Nocturne d'un chauffeur de taxi』에 실렸다.

이방인

초판 1쇄 인쇄 2018년 4월 2일
초판 1쇄 발행 2018년 4월 9일

지은이   알베르 카뮈
옮긴이   김혜영
발행인   조상현
마케팅   김나연
편집인   정지현
디자인   Design IF
펴낸곳   더디퍼런스

등록번호 제2015-000237호
주소 서울시 마포구 마포대로 127, 304호
문의 02-712-7927
팩스 02-6974-1237
이메일 thedibooks@naver.com
홈페이지 www.thedifference.co.kr

ISBN 979-11-6125-093-9 04800
       979-11-6125-063-2 (세트)